KB105123

天魔神教
洛陽本部

천마신교
낙양본부

천마신교 낙양본부 6

정보석 新무협 판타지

초판 1쇄 찍은 날 § 2020년 11월 17일
초판 1쇄 펴낸 날 § 2020년 11월 24일

지은이 § 정보석
펴낸이 § 서경석

편집책임 § 김예슬
디자인 § 노종아

펴낸곳 § 도서출판 청어람
등록번호 § 제387-1999-000006호
등록일자 § 1999. 5. 31
어람번호 § 제2-2853호

주소 § 경기도 부천시 부일로 483번길 40 서경B/D 3F (우) 14640
전화 § 032-656-4452 팩스 § 032-656-4453
http://www.chungeoram.com
E-mail § chungeorambook@daum.net

ISBN 979-11-04-92280-0 04810
ISBN 979-11-04-92204-6 (세트)

天魔神教
洛陽本部

정보석 新무협 장편소설

FANTASTIC ORIENTAL HEROES

천마신교
낙양본부

6

天魔神教
洛陽本部

천마신교
낙양본부

次例

第二十六章

머혼은 꿈을 꾸었다. 그의 인생 중 최악의 날로 손꼽을 만한 기억을 빠르게 훑고 지나가는 그런 꿈이었다.

머혼이 집을 떠나 살림을 차리고 아들을 낳았을 즈음, 그래도 할아버지는 소개시켜 줘야겠지 하고 아내와 갓 태어난 아이를 데리고 다시 본가로 찾아갔던 날이었다.

가출하고 나서 한 번도 연락하지 않았기에 냉혈한으로 유명한 아버지가 문전 박대하지 않을까 노심초사했지만, 손자를 보면 그래도 마음은 푸시겠지 하고 갔다.

그런데 글쎄 이미 죽었다고 했다.

큰 부상으로 죽음이 가까워진 아버지는 마지막까지 머혼의 이름을 부르며 찾았는데, 안타깝게도 그 소식이 머혼에게 전해지지 않은 것이다.

머혼은 숨어 살기는커녕 옆 나라에서 작위를 받아 잘 살고 있는데도 그 소식을 받지 못한 것이 의아했다.

정황을 알아보니, 글쎄 아버지가 늘그막에 어머니를 버리고 재혼한 젊은 백작 부인이 유산을 탐해 머혼에게 소식을 전하지 않은 것이다.

그리고 황제 또한 아버지의 죽음으로 제국의 국력이 약해졌다는 사실이 주변국에게 들킬까 두려워 그 사실을 기밀로 취급했다.

모든 유산은 백작 부인에게 완전히 넘어간 상태.

그는 유산 따윈 필요 없다며 문을 박차고 나왔던 젊은 날의 맹세가 실제로 이뤄질지는 몰랐다.

아름다운 미모로 노쇠한 아버지를 유혹해 결혼에 성공한 그 백작 부인은 전 백작 부인인 머혼의 친어머니를 석탑에 가둬놓고 실권을 장악하고 있었다.

아버지도 살아생전 그걸 용납했다고하니, 부모 간에 얼마나 큰 불화가 있었는지 머혼은 짐작도 하기 어려웠다.

그는 백작 부인에게 어머니만 데리고 갈 수 있게 해 준다면 조용히 갈 길을 가겠다고 했고, 이를 승낙받자 어머니를 성에서 모시고 나왔다.

그리고 바로 델라이의 미치광이에게 연락, 성 전체를 불태워 버렸다.

어머니를 그렇게 모욕한 모든 자를 용서할 수 없었던 것이다.

델라이의 미치광이는 모든 걸 자기가 책임지겠다는 머혼의 한마디에 냉큼 달려와서는 새로운 마법을 실험한답시고 성 전체를 재도 안 남기고 태워 버렸다.

그날 왜 그녀가 미치광이라고 불리는지, 머혼은 두 눈으로 똑똑히 확인했다.

당연하지만 제국의 황제는 델라이 왕국에 전쟁을 선포했고, 머혼은 두려움에 떨고 있는 델라이의 왕 앞에서 자기가 알아서 해결하겠다고 하곤 제국의 황제에게 홀로 갔다.

그리고 그에게 머혼가의 모든 영지를 황가에 바치겠다는 조건으로 전쟁을 막았다.

그는 그렇게 자면서도 극심한 스트레스를 받았다.

온몸으로 땀을 뻘뻘 흘리며 기구하기 짝이 없는 자기 인생을 다시금 살면서, 온갖 고통에 시달렸다.

그러니 잠에서 일어나도 상쾌함은커녕 지독한 피로함만이 느껴질 뿐이었다.

머혼은 감은 눈 위로 손을 올렸다. 그러자 시야가 상당히 어두워지는 것을 느꼈다.

그는 다시 손을 떼 보았다. 그러자 눈꺼풀 전체를 뒤덮는 붉은빛이 있었다.

애초에 그 밝은 붉은빛 때문에 잠에서 깬 듯싶었다.

"어디서 이런 붉은빛이 나는……."

순간 머혼의 표정이 굳었다.

그는 벌떡 자리에서 일어나서 눈을 비볐다. 그리고 강렬한 붉은빛이 나는 쪽을 바라보았다.

한쪽에 놓여 있는 셔츠. 붉은빛은 그 셔츠 주머니에서 나고 있었다.

머혼의 입이 살포시 벌어졌다.

"아, 아니야. 설마."

그는 떨리는 마음을 진정시키고 침상에서 일어났다. 그리고 천천히 그 붉은빛을 따라 움직였다.

의복을 들어 그 속에 있는 아티팩트를 꺼냈다.

붉은빛은 여전히 진했다.

툭.

그는 그 아티팩트를 떨구더니, 눈을 몇 차례나 깜박였다. 갑자기 빈혈기를 느낀 그는 뒤뚱뒤뚱 뒷걸음질을 쳤다.

털썩.

침상에 주저앉은 그의 두 눈동자는 수시로 떨리고 있었다.

"자기 처소로 간다 했는데… 설마 천마신교에서? 아니야. 그러면 나도 멀쩡할 리가 없지. 천마신교일 리는 없어. 하지만 이 삼엄하기 짝이 없는 천마신교 내부에서 천마신교 말고 누가 대체… 아. 연구실! 설마 실험하다 지 혼자 돼진 거야?"

머혼은 자기도 모르게 박수를 한 번 치고는, 재빨리 그 자리에서 일어났다.

그리고 의복을 대충 갈아입고 아티팩트를 들고 한 부분을 눌렀다. 그러자 거기서 나오던 붉은빛이 사라졌다.

마른침을 삼킨 머혼은 밖으로 나갔다.

밖에는 천마신교의 시비 한 명이 서 있었다.

머혼은 그녀에게 말했다.

"갈 곳이 있는데, 동행하지 않았으면 합니다만."

시비는 고개를 갸웃했다.

당연하지만 그녀가 공통어를 할 리가 없다.

머혼은 다시금 품에서 아티팩트를 꺼내더니, 전과는 다른 부분을 눌렀다.

그러곤 그 아티팩트를 입에 가져가 발음에 주의하며 또박또박 말했다.

"내가 가야 하는 곳이 있다. 나는 당신이 같이 가지 않는 것을 희망한다."

그리고 머혼은 아티팩트를 시비에게 보여 주었다.

"……"

"……"

아무런 일도 일어나지 않자, 시비의 눈초리가 매서워졌다.

만약 머혼에게 조금이라도 살의가 있었다면, 그 시비는 머혼을 제압했을 것이다.

머혼은 얼굴을 잔뜩 찡그리더니 중얼거렸다.

"아티팩트가 기능을 안 하다니. 다른 마법이 항시 발동되고 있어 그런 건가?"

다른 수가 없었던 머혼은 시비에게 어설픈 포권을 취하더니, 로스부룩의 방으로 빠르게 향했다.

시비는 머혼의 바람과는 다르게 뒤에서 그를 바싹 쫓았다.

어쩔 도리가 없었던 머혼은 더 이상 그녀에 대해서 신경 쓰지 않기로 하고는, 로스부룩의 처소까지 걸어가 그 안으로 들어갔다.

그리고 뒤를 보는데 머혼의 시선에서 그의 마음을 눈치챈 시비는 들어오지 않고 조용히 문을 닫았다.

"휴우, 정말 다행이군. 역시 없어. 자, 보자. 어디 있더라."

머혼은 로스부룩의 처소를 이리저리 둘러보았다. 그리고 곧 로스부룩이 언제나 소지하고 다니는 마법책을 찾을 수 있었다.

침상 머리맡에 펼쳐져 있었는데, 그냥 겉보기로는 일반 서적과 다를 것이 없었다.

머혼은 그 책을 집어 들더니 입구 쪽을 슬쩍 바라보았다. 아무런 소리도 들리지 않았다.

"하아, 어차피 무공으로 숨어 있으면 내가 알아낼 도리가 없어. 일단은 그놈부터 찾는 게 순서야."

그는 책을 높이 들더니, 거기에 자신의 이마를 세게 박았다.

그러자 놀랍게도, 그의 머리부터 점차 책속으로 침식되기 시작했다.

그리고 곧 그의 온몸이 책 속으로 들어가 로스부룩의 처소에는 그 책밖에 남지 않게 되었다.

"으윽."

메스꺼움을 느끼며 자리에 엉덩방아를 찐 머혼은 주변을 돌아봤다.

생물로 보이는 괴기한 것들이 박제되어 있고, 징그럽기 짝이 없는 요상한 것이 선반에 진열되어 있었다.

이상한 액체를 품은 유리병들도 보였고, 여러 신체 부위들도 심심치 않게 찾아볼 수 있었다.

전에 잠깐 보았던 로스부룩의 연구실이 분명했다.

곧 정신을 차린 머혼은 로스부룩을 찾으려고 시선의 초점을 모았다.

어디에서도 그의 모습을 찾을 수 없었는데, 바닥에 웬 사람 만 한 실루엣이 엎어져 있는 것을 확인했다.

그는 조심스럽게 다가가 그것을 옆으로 들추었다.

"로스부룩? 아, 아니, 그때 그 다크엘프잖아."

머혼은 빠르게 카이랄의 전신을 훑었다. 그리고 그가 아는 상식 내에서 최대한 빠른 결론을 내렸다.

"피가 모조리 빨렸어. 죽은 것인가? 아니, 그보다 왜 여기 있는 거지? 설마 로스부룩 이 자식이 나도 모르게 이자를 가 지고 실험했나? 아니야, 그럴 놈은 아니지. 아무리 마법사지만 그래도 그놈은 이성이 있어. 호기심 하나로 모든 걸 다 망칠 놈은 아니야. 운정 도사와 다크엘프의 관계를 생각하면 해를 끼치진 않았을 거야. 그렇다면… 흐음, 도리어 이 다크엘프를 치료하려 한 것인가? 하지만 이미 죽어 있는데?"

머혼은 논리적인 결론을 내리기 어려웠다.

무엇보다도 로스부룩이 보이질 않으니, 안 그래도 불안한 마음이 더욱 흔들려 제대로 생각을 하기 어려워진 점이 컸 다.

머혼은 눈을 삼고 심호흡을 하더니 다시 말했다.

"연구실에서도 없다면, 후우… 어차피 내가 알아볼 수 있는 건 여기까지야. 대책을 세워야지, 대책을. 일단은… 사망한 것으로 가정해야겠군. 아티팩트에서 붉은빛이 나고 그 외의 기능은 정지됐으니. 사망이 맞아. 로스부룩, 이 미친놈. 어디서 어떻게 돼져서는… 흐."

머혼은 고개를 흔들었다. 감상에 젖는 것은 나중이다.

그는 카이랄을 내려다보더니 다시금 중얼거렸다.

"대책이라고 해 봤자, 결국 천마신교에 이 일을 알리는 것과 본국으로 돌아가는 것인데… 뭐가 옳은지 판단이 안 서. 대체 무슨 일이 일어났는지 알아야 판단이 서겠지. 젠장, 도대체가……."

그는 카이랄 옆에 앉은 채, 그의 몸을 하나하나 뒤지기 시작했다.

옷을 벗기고 그 속에 있는 무기들을 하나씩 빼내면서, 혹시라도 뭔가 실마리가 될 만한 걸 찾았다.

그는 이마에 땀까지 흘려 가며 뒤졌지만, 찾은 것이라곤 도합 서른 개가 넘어가는 각양각색의 무기들뿐이었다.

결국 헛수고로 끝났음에 그는 허무한 한숨을 쉬면서 무심코 카이랄의 얼굴을 올려다보았다.

카이랄의 입술 사이로 삐져나온 검은 송곳니가 유난히 눈에 띄었다.

"서, 설마, 배, 뱀파이어? 이 미친 자식이! 진짜 다크엘프를 데려다가 엘븐 뱀파이어를 실험한 거야? 아니, 언제부터 네크로멘시에?"

머혼은 아무리 생각해도 말이 되지 않는다고 느꼈다.

마법사의 광기야 정상인의 생각으론 도저히 가늠할 수 없는 것이 맞지만, 아무리 그렇다 한들 로스부룩이 다크엘프를 가지고 엘븐 뱀파이어를 만드는 실험을 했다고 믿기는 어려웠다.

평소에 그쪽으로 관심이 전혀 없었고, 그쪽에 관련된 마법도 잘 모를 것이 분명하기 때문이다.

머혼은 잠시 카이랄을 내려다보며 생각에 잠겼다.

"흐음, 어떻게 엘븐 뱀파이어가 로스부룩의 연구실에 있게 되었는지는 정말 알 길이 없군. 어떻게 해야 한다? 일단 언데드니 이자도 완전히 죽은 건 아닐 것이고. 그러면 이곳도 안전하지만은 않은데… 잠깐? 죽지 않았다?"

순간 떠오른 생각에 머혼은 즉시 고개를 흔들었다.

그러나 생각하면 생각할수록 그 생각에 사로잡히는 자기 자신을 인지할 수밖에 없었다.

머혼은 긴장이 역력한 표정으로 카이랄을 보았다. 그리고 결심한 듯, 자신의 왼쪽 팔소매를 걷고 그 팔을 카이랄의 입가에 가져갔다.

"뱀파이어는 언데드지만 이성이 있지. 그러니 정신을 차릴 정도만… 딱 그 정도만 피를 주면 되지 않을까? 어차피, 어차피 상황은 어려워. 도박이라도 해야겠지. 후우, 후우……."

그는 카이랄의 무기 중 날카로운 단검 하나를 들었다. 그리고 카이랄의 입가에 가져간 팔목에 긴 상처를 내었다.

상처를 타고 피가 뚝뚝 떨어졌다.

한 방울, 한 방울, 카이랄의 입을 적셨다.

그렇게 대여섯 방울 정도 떨어뜨렸을까? 갑자기 카이랄의 입이 위아래로 벌어지더니, 머혼의 팔을 물려고 했다.

머혼은 화들짝 놀라며 팔을 뒤로 뺐다.

카이랄의 몸이 파르르 떨렸다.

그는 두 눈을 떴는데, 연보랏빛 눈동자 주변이 잔뜩 충혈되어 핏빛이 가득했다.

목 언저리에 힘줄과 핏줄이 튀어나올 듯 섰고, 얼굴 근육도 경련을 일으켰다.

머혼은 마음을 진정시키고 그에게 다시 다가갔다.

카이랄은 선혈이 흘러내리는 머혼의 손목을 응시하고 있었다.

머혼은 마른침을 삼킨 후에, 다시금 주먹을 쥐어서 선혈을 카이랄의 입가에 떨어뜨려 주었다.

카이랄은 혀를 내밀어 그 피를 마셨다.

그러나 피가 혀에 조금 튕겨 나가자, 그 적은 양도 아까운지 금세 혀를 안으로 말고는 입을 크게 벌렸다.

머혼이 빈혈기를 느낄 때쯤 카이랄이 말했다.

"됐다, 이 정도면. 말은 할 수 있을 것 같다. 당신은 오랜만에 보는군."

머혼은 어지러운 듯 관자놀이를 한 번 짚더니, 옷을 대강 말아서 손목의 상처 부위를 감쌌다.

카이랄은 천천히 자리에서 일어나 앉았고, 머혼은 식은땀을 흘리며 물었다.

"정신이 드나? 로스부룩은 어떻게 됐지?"

카이랄은 머혼의 손을 우악스럽게 잡았다.

노년의 귀족이 절대 이길 수 없는 완력에 머혼은 속수무책으로 손을 내줄 수밖에 없었다.

그가 겁먹은 눈빛으로 카이랄을 보는데, 카이랄은 그 손에 감싼 옷을 풀더니 길게 풀어서 다시 머혼의 팔목에서부터 감아올리기 시작했다.

"상처가 작긴 하지만 동맥을 그어 놓고 그렇게 동여매 봤자 아무런 도움이 안 된다. 위에서부터 천천히 압박해야 하지. 손을 들어라, 심장보다 위로."

팔이 저릴 정도로 강하게 감자, 머혼은 얼굴을 찡그리며 팔을 들었다.

그 바람에 상처로 피가 쏠려 잠깐 피가 쏟아져 나왔는데, 카이랄의 시선은 뿜어지는 그 핏물에 고정되었지만 가까스로 추태를 부리진 않았다.

적당히 상처를 압박하자, 확실히 상처에서 더 이상 피가 나오지 않았다.

머혼은 손을 머리 위로 올리곤 말했다.

"로스부룩은 어디 있는지 아는가? 도대체 무슨 상황인지 설명해 봐."

카이랄은 혼란스러운 머리를 부여잡았다.

그는 기절했던 당시를 떠올렸고, 곧 고바녠이 그를 기절시키고 로스부룩과 함께 공간마법으로 사라졌다고 추측할 수 있었다.

그가 말했다.

"엘프 한 명과 함께 공간마법으로 화산에 간 것으로 보이는데, 그 엘프마법사가 해킹을 했다면 좌표가 달라졌을 수도 있겠어."

"뭐? 뭐라고? 엘프마법사라니? 그리고 공간마법?"

카이랄이 대답했다.

"운정을 구하러 간 것이다. 일이 어떻게 돌아갔는지는 모르지만, 운정이 살았을 가능성은 높지 않군."

머혼은 답답하다는 듯이 말했다.

"운정 도사가 왜 화산에? 아, 아니다. 됐고. 로스부룩은 어떻게 된 건가? 그놈 죽은 건가?"

"확실한 건 모른다. 하지만 아직까지 이곳에 돌아오지 않은 것을 보면 좋지 못한 일이 있는 것이겠지. 만약 일이 잘 풀렸다면, 운정 도사와 함께 이곳으로 돌아와야 해. 돌아올 때 쓸 마나스톤도 가져갔으니."

머혼은 그가 하는 말을 도저히 이해할 수 없었다.

천마신교에 잘 있는 운정이 왜 화산에 있다는 것이고 또 거기서 생사가 위험할 만큼의 일에 휘말렸다는 것인가.

그리고 엘프마법사는 또 뭐기에 로스부룩이 엘프마법사와 함께 공간이동을 했다는 것인가.

머혼은 혼란스러운 와중에 순간 번쩍 드는 생각이 있어, 품속에서 아티팩트를 꺼냈다.

"다크엘프. 마법에 일가견이 있는 걸로 아는데, 이걸 한번 봐 줬으면 한다."

그는 아티팩트의 한쪽을 눌러 다시금 붉은빛이 나게 했다.

그리고 카이랄에게 그것을 건네주었는데, 카이랄은 눈초리를 잠시 모으며 그것을 이리저리 둘러보았다.

그리고 이내 툭하니 말했다.

"한 생명과 연결되어 있어. 살아 있는 걸 굳이 붉은빛으로 표시할 리 없으니, 죽었다는 표시로 봐야겠지."

"역시 그렇군. 혹시나 했는데……."

"보아하니, 너와 함께 중원으로 온 그 델라이의 천재가 죽은 것이로군. 그렇다면 운정의 목숨 또한 보장할 수 없겠어.
유감이군."

머혼은 눈을 감더니 한숨을 푹 내쉬었다. 그러곤 고개를
한탄하듯 말했다.

"유감? 로스부룩은 델라이의 미치광이의 제자야. 유감으로
끝날 일이 아니지."

"델라이의 미치광이의 제자라면……. 흐음, 그녀가 가만히
있을까?"

머혼은 고개를 좌우로 흔들더니 말했다.

"중원과의 화친은 더 이상 불가능하다고 해도 과언이 아니
야. 그녀 성격상 이제 남은 건 전쟁뿐이지. 천마신교에서 죽이
지 않았지만, 그녀가 그런 걸 일일이 따질 리 없어. 보이는 족
족 파괴하겠지."

"그렇게 중요한 인물을 왜 위험한 중원으로 보낸 것이지?"

머혼이 말했다.

"본인의 의지가 컸지. 델라이 왕과 귀족들도 놀고만 있는 그
놈을 써먹을 좋은 기회를 마다할 리 없었고, 안 그래도 이런
일이 벌어질까 노심초사했는데, 결국엔 이렇게 되었어. 젠장."

"……"

"로스부룩이 죽었다면, 더 이상 이곳에서 내가 할 수 있는
게 없군. 집에나 돌아가서 못 잤던 잠이나 처자야지, 후우. 아

니야, 그녀가 나까지 안 죽이라는 법은 없으니… 젠장."

머혼은 감은 눈 위로 손가락을 얹었다. 그러곤 한숨을 푹 푹 내쉬었다.

그 모습을 보던 카이랄은 빠르게 머리를 굴렸다. 그리고 그에게 말했다.

"한 가지 제안하고 싶은 것이 있다."

머혼이 눈을 뜨고 카이랄을 보았다.

머혼의 두 눈은 눈물로 글썽거렸지만, 그는 필사적으로 참는 듯했다.

"뭐지?"

카이랄이 말했다.

"델라이의 미치광이가 중원과 전쟁하기로 마음먹는다면, 내 목숨은, 아니, 운정의 생사가 확인되지 않았으니, 그의 목숨까지 보장해 주었으면 한다. 그렇게만 해 준다면, 중원에 대해서 내가 아는 모든 지식과 오늘 일어났던 모든 사건에 대해서 이야기해 주지."

머혼은 카이랄을 지그시 바라보다가 말했다.

"내가 보장할 수 없는 거야. 누가 죽을지 살지는 미치광이가 정하는 것이지. 그리고 너 또한 그런 걸 스스로 결정할 수 없을 텐데?"

카이랄이 대답했다.

"일족에서 추방되었다. 나는 이제 나 스스로 존재한다."

"엘프가 혼자라니? 그게 무슨 소리지? 아, 언데드가 된 것과 연관이 있는 건가?"

카이랄은 말을 아꼈다.

"그런 셈이다. 아무튼 나와 운정의 생명을 보장할 수 없다면, 최소한 미치광이를 만나서 직접 사정을 설명할 수 있게 주선해 주는 것으로 바꾸마. 만나자마자 잿더미가 되는 것보다야 낫겠지."

머혼은 눈길을 돌리며 말했다.

"미치광이가 괜히 미치광이로 불리는 것이 아니다. 그녀가 제자의 피값을 로스부룩을 죽인 그 한 명에게 물을지 아니면 중원 전체에 물을지 아니면 그걸 넘어서 나까지 물을지 종잡을 수 없어. 하지만 한번 말해 보겠다. 너와 운정이 눈으로 본 로스부룩의 마지막을 직접 듣고 싶겠지."

"그럼 그때 가서 모든 걸 설명하지."

머혼은 힘없이 고개를 끄덕였고, 카이랄은 자리에서 일어났다.

머혼이 그를 올려다보며 말했다.

"바로 떠나는 건가?"

"나는 과정만 봤을 뿐, 로스부룩이 죽은 걸 직접 보진 못했다. 봤다면 운정일 테고, 또 운정의 생사 또한 불투명하다. 지금 상황에서 그를 구할 수 있는 건, 단 한 명이지."

머혼은 쉽게 그가 누군지 알 수 있었다.

화산까지 장거리 공간이동을 할 수 있을 만한 사람은 천마신교에 한 명밖에 없기 때문이다.

"태학공자가 뭐가 아쉬워서 운정 도사를 구해 준다는 것이지?"

카이랄이 말했다.

"지팡이가 생길 수 있다면 모를 일이지. 운정이 살아 있어 미치광이에게 자초지종을 잘 설명한다면 모른다."

"……."

"출구는?"

머혼은 한쪽 구석에 있는 책 하나를 가리켰고. 카이랄은 그 책을 주었다.

그리고 그것을 펼친 후 머혼을 돌아봤는데, 머혼은 머리를 책 속에 넣으라는 시늉을 했다.

카이랄이 그대로 하자, 순식간에 책 속으로 그의 몸이 빨려 들어갔다.

툭. 투욱.

책만이 남아 바닥에 떨어졌다.

머혼은 또다시 깊은 한숨을 푹 쉬더니 머리를 부여잡았다.

피가 부족한 채로, 게다가 슬픔이 밀려오는 와중에 머리를 굴리려니 도저히 생각이 되지 않았다.

그는 그 공간에 벌러덩 누워서 멍하니 천장을 바라보며 짤막하게 독백했다.

"미친놈. 결국 호기심 때문에 뒈져 버릴 줄 알았어. 마법사 새끼들이 다 그렇지. 그래서 마법사 새끼들한텐 정을 주는 게 아닌데……. 하아, 나도 마법이나 배워 볼까? 내가 마법을 익히고 마나를 다루다 보면 그놈의 마음을 이해할라나? 젠장. 하아, 나는 몰라도 내 자식새끼들까지 죽이겠다고 지랄하면 어떻게 하지?"

머혼은 몸을 벌떡 일으켰다.

방구석에는 사람 다리만 한 어떤 것이 회색 천에 덮여 있었다.

그는 그 천을 들어서 옆으로 치웠다.

그러자 거대한 자수정 하나가 햇빛만큼 환한 빛을 방 안 가득 뿜어 댔다.

"분명 그 좀팽이가 국가 예산급이라 했었지? 하지만 이런 비상사태에 쓰라고 만들어 놓은 거 아니겠어, 하아. 근데 그놈은 어떻게든 나한테 다 받아 갈 놈인데. 으으, 됐다. 일단 살고 보자. 더 중원에 있어 봤자, 아무것도 할 게 없어. 내가 조사해 봤자 의미가 없지. 이미 틀어진 관계야."

그래도 지금까지 쌓아 온 공든 탑이 있다. 온갖 불편과 수 모를 겪으면서 하나하나씩 차곡차곡 쌓아 올린 신뢰 관계가 이제 슬슬 결실을 맺을 때다.

그런데 그걸 다 포기할 생각을 하니, 정말 죽을 맛이다.

머혼은 깊은 한숨을 다섯 번은 더 쉬고 나서야 양손을 그 자수정 위에 올렸다.

그러자 그 순간 자수정의 빛이 강렬해지더니 중심에서부터 자잘한 금이 가기 시작했다.

푸욱─!

비교적 작은 폭발음을 내며 그 자수정은 완전히 허물어졌다.

가루처럼 변해 그대로 땅바닥에 쏟아졌는데, 머혼의 모습은 이미 그 실험실에서 완전히 사라졌다.

머혼은 곧 눈을 떴다.

100평은 넘어가는 새하얀 대리석 바닥에 손가락이 들어갈 만한 깊은 홈이 수많은 원과 삼각형 그리고 사각형으로 파여 있었다.

그리고 그 홈 속에는 황금빛 액체가 반쯤 채워져 있었는데, 모든 홈에 흐르는 것이 아니라 특정한 모양 안에서만 흐르고 있었다.

또한 여덟 방향에 높게 세워진 대리석 기둥에도 수없이 많은 모양들이 조각되어 있었는데, 이곳저곳에서 휘황찬란한 금빛이 나고 있었다.

파인랜드 델라이 왕국의 왕국마법진이다.

무사히 도착한 것을 확인한 머혼은 안도의 한숨을 푹 쉬었는데, 그런 그의 귓가에 차가운 목소리가 들렸다.

"갑자기 NSMC(National Spatial Magic Circle: 국립공간마법진)이 발동해서 와 봤더니, 흥미롭네요. 머혼 백작이라."

머혼이 고개를 돌려 보니, 황금빛과 붉은빛, 그리고 검은빛이 뒤섞긴 여마법사가 땅에서 30㎝ 정도 위에 떠 있었다.

그녀는 바라보는 것만으로 황홀한 미모를 가지고 있었는데, 얼굴에 아무런 표정을 담고 있지 않았다.

그녀의 하의는 새하얀 허벅지는 물론 엉덩이까지 훤히 드러냈고, 상의도 풍만한 가슴의 반 이상 드러나 있는, 다소 노출이 심한 옷을 입고 있었다.

그리고 그 빈자리를 황금으로 된 액세서리들이 채웠는데, 목걸이와 반지, 팔찌, 귀걸이는 물론이고 허벅지나 발가락도 감싸는 액세서리가 있었다.

그리고 모든 액세서리에는 음영조차 집어삼키는 듯한 칠흑의 보석이 박혀 있었다.

머혼은 그녀를 응시하다가 조용히 말을 하려 했다.

그러나 그 여마법사는 그에게 말할 기회를 주지 않고 팔짱을 끼며 빠르게 말을 이었다.

"머혼 백작께선 중원에 계셨으니 차원이동을 하신 것이고, 정상적인 차원이동을 했다면 본국에 먼저 연락을 했어야 합니다만, 이렇게 갑작스레 전이된 것을 보면 비상사태로 인해서 급히 중원에서 탈출하신 것 같네요, 흐음."

"……."

"차원이동이 간단한 마법도 아니고, 본국에서 아무런 준비도 하지 않았는데 스스로 왔다면 한쪽에서 차원의 벽을 뚫어 낸 것이고, 그 정도의 위력을 가진 마법이 중원에 있었다면 진작 거기서 먼저 파인랜드에 왔을 겁니다. 게다가 NSMC에 당도했다면, 이미 좌표가 새겨진 파인랜드의 마법을 통해서 왔다는 걸 알 수 있군요."

"……."

"그리고 그럴 만한 건 딱 하나, 이 스승이 제자를 아껴 파인랜드 전역을 쥐 잡듯 뒤져서 캐낸 자이언트 크리스탈(Giant Crystal)에 새긴 고대마법이 아닌가 합니다만? 그런데 이상하게도 있어야 할 제자는 없고, 웬 노백작 하나만 나타나서 내 다리를 힐끔거리고 있으니, 이걸 내가 어떻게 받아들여야 할지 모르겠어요."

"스페라 백작."

스페라 백작이라 불린 여마법사는 공중에서 천천히 내려왔다.

머혼 앞에 선 그녀는 방긋 웃더니 그의 말을 잘랐다.

"다음 말을 신중히, 또 신중히 고르세요. 유언이 될 수도 있습니다."

머혼은 소름끼치는 두려움을 느끼면서도 그녀의 시선을 피하지 않았다.

그의 머리는 어느 때보다 빠르게 돌아가고 있었고, 그의 마음은 어느 때보다도 차가워졌다.

생명의 위협쯤이야 대공의 상속자로 태어나면서부터 있어 왔다.

가문을 떠나고 홀로 설 때는 말할 것도 없었다.

그러니 지금 이 순간에도 머혼이 제 살길을 찾는 것은 큰 무리가 아니었다.

모든 대화를 머릿속으로 한 번씩 돌려 본 머혼은 그중 살아날 가능성이 가장 높을 것 같은 방향으로 대화를 이끌었다.

그가 말했다.

"처음 그가 중원에 나가겠다고 했을 때, 제가 당신한테 한 말을 기억합니까? 중원은 미지의 땅이며 어떠한 위험이 도사리고 있을지 모르니, 그의 생명을 아낀다면 보내지 말라고 한 것을."

스페라의 눈이 반쯤 감기며 말했다.

"그래서 죽었나요?"

머혼이 빠르게 말을 이었다.

"왕과 귀족들은 로스부룩이 국가를 위해서 아무것도 안 하고 그저 당신 아래에서 놀고먹는다고 생각해 왔기에, 이번 기회에 그를 써먹자고 좋아라 했지요. 하지만 나는 끝까지 반대했습니다. 이런 최악의 상황이 도래할까 염려스러웠기 때문입니다."

"그래서 죽었냐고 물었잖아요?"

"스페라 백작, 제자를 잃은 그대의 슬픔을 채워 줄 말은 내게 없습니다. 하지만 분명한 것 하나는 이번 일을 계기로 중원과 전쟁에 돌입한다면 그것은 델라이의 큰 화가 될 것이라는 겁니다."

"……"

"그들과 화친을 맺고 거래를 하면, 우리는 그들의 기술과 물품을 독점할 수 있습니다. 하지만 전쟁을 시작하면 필연적으로 제국은 물론이고 다른 국가들까지 끌어들여야 하니, 우리는 십중팔구 그 중간에 끼어서 나라 전체가 전쟁지가 될 게 불 보듯 뻔합니다."

스페라는 묵묵히 머혼의 말을 들었다.

머혼은 그녀가 곧 사방으로 불을 난사하며 방방 뛸 것이라 생각했다.

하지만 정작 가만히 있자, 더한 공포를 느끼기 시작했다.

머혼이 알기로 그녀의 성정은 매우 단순해서 어린아이라도 그녀의 행동을 예상할 수 있었다.

기쁘면 웃고 슬프면 울고 피곤하면 짜증 부리고 화나면 사방에 마법을 난사하는… 그런 여인이다.

국가를 상대로 홀로 전쟁을 할 만한 무력이 있는지라, 그만큼 자신의 감정에 솔직하고 그것을 겉으로 드러내기를 주저하지 않는다.

그런 그녀가 자신의 감정을 전혀 드러내고 있지 않으니, 머혼은 누군가 심장을 움켜쥐는 것 같은 압박감을 받았다.

숨이 막히는 짧은 침묵 후, 스페라가 나지막하게 입을 열었다.

"어떻게 죽었죠?"

목소리에는 무심함이 가득했다.

마치 읽다 만 소설의 주인공이 나중에 어떻게 죽는지 넌지시 물어보는 것 같았다.

머혼은 그가 아는 대로 말했다.

"눈으로 보지는 못했습니다. 아티팩트를 통해 그의 죽음이 확인되자, 이곳으로 온 것입니다."

"……"

머혼은 품속에서 아티팩트를 꺼내 그녀에게 건넸다.

그녀는 역시 아무런 감정이 없는 두 눈으로 그것을 보곤 받아 들었다.

머혼이 다시 말했다.

"제 눈으로 확인한 것이 아니니 죽지 않았을 수도 있겠다는 생각을 하실지 모르겠습니다, 스페라 백작. 그러나 괜한 희망을 품지 않으셨으면 합니다. 그 아티팩트에서 붉은빛이 났다는 것은 그의 심장이 정지했다는 것을 의미하니, 그가 죽은 것은 기정사실입니다."

아티팩트는 아무런 빛이 나고 있지 않았다. 차원을 넘어서까지 기능하진 않기 때문이다.

스페라는 그것을 들고는 위로 툭 던졌다.

그러자 그녀의 손에서 20㎝가량 위의 공간이 살짝 찢어지더니, 그 아티팩트가 그곳으로 쏙 들어갔다.

그녀는 오른손을 살짝 들어 올려서 까딱했다.

머혼은 눈을 동그랗게 떴고, 스페라는 짜증 난다는 듯 말했다.

"나와요, NSMC에서."

머혼은 엉거주춤하면서 마법진의 중앙에서 벗어났다.

스페라는 그 중앙에 선 다음에 앞으로 오른손을 뻗었다.

그러자 마찬가지로 그녀의 손 위 허공이 작게 찢어지더니, 그녀의 마법지팡이가 불쑥 튀어나왔다.

그 지팡이는 스페라의 가슴팍까지 오는 길이였고, 온통 황금으로 되어 있었다.

그 끝에는 사람의 주먹만 한 검은빛의 보석이 박혀 있었다.

그것은 분명 입체적인 모양을 가지고 있었지만, 음영이 전혀 존재하지 않는 칠흑의 색이었기에 그것을 보고 있노라면 마치 중간에 구멍이 뻥 뚫려 있는 것 같았다.

머혼은 스페라가 무엇을 하려 하는지 알 것 같았다. 그는 말을 더듬으며 말했다.

"서, 설마 바로 중원으로 가 보실 생각입니까?"

스페라는 머혼을 지그시 바라보았다. 그러다가 툭하니 말했다.

"없는 동안 델라이의 국방을 맡기겠습니다. 언변과 기만에 뛰어나시니, 제가 사라진 사실만 잘 감추면 별일 없을 거예요. 며칠이면 됩니다."

머혼은 당황한 표정을 짓더니 급히 말했다.

"자, 잠깐만요. 이대로 가서 뭘 어떻게 하시려고 합니까?"

스페라는 그 말을 듣고는 눈살을 찌푸렸다.

그녀는 한 손가락을 들어 턱을 가져가더니 두 눈을 위로 향하고 떠오르는 생각을 그대로 말했다.

"일단은… 그 천마신교인가 뭔가 하는 그곳에 방문해야 하지 않겠어요? 거기서부터 조사를 시작해서 천천히 제자를 추적하다 보면 결국 제자의 죽음을 확인할 수 있을 겁니다. 복수는 뭐, 그다음에 생각할 문제이고."

그녀가 그렇게 말하는 와중에도 이곳저곳에서 황금빛이 일어나기 시작했다.

머혼이 주변을 둘러보니, 바닥에 패인 홈 안에 흐르는 황금빛 액체가 이리저리 흐르면서 새로운 모양을 만들어 내고 있었던 것이다.

머혼은 잡담을 하는 와중에도 국가급 마법을 태연하게 준비하고 있는 스페라를 보며 다시금 경이로움을 느꼈다.

제국의 마법학교에서 양성된 수백 명의 위저드가 심혈을 기울여 주문을 외워도 모자란 것을 잡담을 떨면서 한다니?

그는 그녀의 존재가 델라이의 국력에 있어서 얼마나 중요한지 다시금 느낄 수 있었다.

그가 말했다.

"잠시, 잠시. 기다려 주십시오. 그 조사라는 건 어떻게 하실 생각이십니까? 전에 제가 첩보를 부탁드렸을 때, 그런 것에 필요한 마법은 성향에 맞지 않아 익히지 않았다고 하지 않으셨습니까?"

스페라는 느릿하게 고개를 끄덕였다.

"그렇긴 하지요. 그러고 보니 머혼 백작은 제게 참 관심이 많습니다. 그런 사소한 걸 다 기억하고."

많을 수밖에.

국가의 운명이 달려 있는데.

머혼은 진정하라는 듯 손짓하며 말했다.

"그럼 혹시 조사 방법에 대해서 물어도 되겠습니까?"

스페라는 입술을 삐죽이며 말했다.

"일단 그 천마신교의 가장 높은 놈을 붙잡아서 물어보고. 제대로 대답을 안 하면 잿더미로 만들고. 그다음 놈을 붙잡아서 반복하고. 그렇게 하다 보면 되지 않겠습니까?"

머혼은 양손을 얼굴에 가져가 쓸어내렸다.

그는 심호흡을 하면서 고개를 마구 흔들었다.

출혈과 차원이동의 여파로 그의 머리는 터질 듯했지만, 그는 고통을 무시하고 최대한 생각에 생각을 더했다.

어떻게 하면 그가 지금까지 쌓은 공든 탑을 무너뜨리지 않고 중원과 화친을 계속 유지하며 이 미치광이를 막을 수 있을까?

그는 결단코 지금만큼 머리를 굴려 본 적이 없었다.

이건 단순히 자기 생명이 걸린 문제가 아니라 델라이 국가의 운명이 달린 문제였다.

그는 위기의 상황 속에서 자신의 목숨을 보존하기 위해서 기가 막힌 생각들을 해냈었는데, 이번도 역시 신은 그의 편이었다.

그는 큰 소리로 외쳤다.

"이건 어떻습니까! 스페라 백작이 내가 되는 겁니다!"

스페라는 그 말을 듣고 눈을 찌푸렸다.

"내가 당신이 된다는 게 무슨 말이죠?"

머혼은 자기 생각에 너무나 만족한 나머지 혼자 박수까지 쳐 가면서 말했다.

"제 기억을 읽고 저처럼 변장을 하는 겁니다. 그리고 저로 천마신교에서 생활하시면서 로스부룩이 어떻게 죽었는지 알아보시는 겁니다, 스페라 백작. 그편이 제자에게 일어난 변고를 더 빠르게 알아보는 방법이 될 것입니다."

스페라가 그 말을 듣자, 곳곳에서 황금빛이 하나둘씩 사라지기 시작했다.

그녀가 차원이동마법 준비 하기를 그친 것이다.

"전에도 말했다시피, 그런 마법은 익힌 적도 익힐 생각도 없어요."

한번 기발한 생각이 나니, 머리가 미칠 듯이 굴러갔다.

머혼이 흥분한 어조로 말했다.

"궁정에 마법사가 스페라 백작뿐이겠습니까? 첩보는 국력에 핵심적인 부분이라 그쪽으로 마법을 익힌 궁정마법사들이 있습니다. 그들의 도움을 받으면 제 기억을 심거나, 모습을 바꾸는 것은 어렵지 않은 일일 것입니다."

스페라는 시큰둥한 듯 말했다.

"내가 뭐 하러 그런 귀찮은 일을 해야 하죠?"

"때로는 그렇게 돌아가는 것이 더 빠릅니다, 스페라 백작. 게다가 중원의 마법은 우리의 상식이 통하지 않습니다. 우선 저로 변장해 정보를 모으면서 중원의 마법에 대해 익숙해지면, 본격적으로 활동하는 것이 좋습니다."

스페라는 그의 말을 듣고 잠시 고민하더니 이내 말했다.

"그렇게 하면 이 여행이 꽤나 길어질 것 같은데. 나 없이 얼마나 괜찮겠어요?"

머혼은 눈치껏 그녀의 말을 알아들었다. 빠르게 계산한 그가 말했다.

"왕이 이를 허락할 리 없으니, 그까지 속여야 합니다. 그렇다면 최소 한 달, 최대 두 달까지 되겠군요. 안전하게 한 달 안에는 오셔야 합니다."

"며칠이면 될 일을, 한 달이라? 별로 구미가 당기지 않는걸요."

"장담하는데 천마신교를 잿더미로 만들며 로스부룩을 찾으려면 한 달이 아니라 일 년이 걸려도 어려울 겁니다."

"……"

"일이 잘못되면 제가 책임지겠습니다. 그러니 제 생각을 고려해 주십시오."

스페라는 머혼이 그 말을 하고 책임지지 않은 것을 단 한

번도 본 적이 없었다.

제국 황제도 함부로 하지 못하는 대공의 성을 완전히 잿더미로 만들어 달라 부탁했을 때도 그는 자기의 말에 책임졌다.

흰머리도 많아졌고, 주름도 많아졌다. 하지만 머혼의 눈빛과 말투는 젊은 날의 그와 동일했다.

스페라는 지팡이를 뻗어 머혼의 머리 가까이 가져갔다.

"최근 기억을 뽑을 테니 거부하지 마시고 그냥 편안히 마음을 먹으세요."

머혼이 당황한 목소리로 말했다.

"아, 그런 마법은 익히지 않으셨다고……."

스페라는 입에 침도 바르지 않고 말했다.

"거짓말이에요. 제 전 직업을 모르시진 않겠죠. 굉장한 팬이셨으니. 자, 편안한 생각을 하세요. 휴양지에 왔다고 생각하시고."

"……."

스페라가 주문을 외자, 머혼은 누군가 그의 머리를 휘젓는 기분을 느꼈다.

그는 최대한 그 괴상한 기분에 반항하려 하지 않고, 되도록 안락한 마음을 먹었다. 침대에 누워 푸딩을 먹는 상상을 하면서.

스페라는 손쉽게 머혼의 기억을 모두 뽑아내더니, 지팡이를 떼면서 말했다.

"중원에 마음껏 분풀이하는 것도 괜찮지만, 뭐 몰래 잠입해서 제자의 복수를 하는 것도 재밌을 것, 아니, 재밌는 건 아니고 효율적인 것 같군요."

"……."

"그럼 바로 갈 테니, NSMC에서 멀어지세요. 같이 가고 싶은 게 아니라면."

머혼은 고개를 끄덕이며 물러났다. 그리고 즉시 다른 계산을 시작했다.

모든 일이 잘못 풀렸을 때, 가족들을 어떻게 피신시킬지에 대한 고민이었다.

그는 서서히 발동되는 마법진을 보면서 누군가 망치로 쿵쿵 때리는 것 같은 편두통을 애써 무시했다.

*　　　　　*　　　　　*

책을 통해서 로스부룩의 비밀 연구실 밖으로 나온 카이랄은 낯선 방에서 한 남아(男兒)를 만났다.

그는 침상에 앉은 채로 책에서 불쑥 튀어나온 카이랄을 보더니, 한쪽 입꼬리를 말아 올리며 말했다.

"그 책에 공간이 있나? 아무리 봐도 마법의 흔적을 볼 수 없는데, 어찌 된 일이냐? 영안으로도 보지 못했다고?"

카이랄이 그 소리를 듣고 무기를 양손에 꺼내 들며 그 남아를 경계했다.

하지만 그 남아는 카이랄보다 그가 튀어나왔던 책에 더 관심이 있는 것 같았다. 카이랄에겐 눈길조차 주고 있지 않았다.

카이랄이 말했다.

"기다리고 있었나, 태학공자?"

제갈극은 그 책을 집어 들었다. 그러곤 그것을 이곳저곳 살펴보면서 나지막하게 말을 이었다.

"공간을 열어 놓는 그 마법 말이지. 심력과 내력의 소모가 극심하기 짝이 없느니라. 내 실험실에서 너와 고바넨이 사라진 후에, 피를 가득 마시고 가부좌를 틀고 앉아 오랫동안 명상을 했는데도 내 본신지력(本身智力)의 반도 돌아오지 않았느니라. 한데 갑자기 의심이 드는 것이다."

"……"

제갈극의 시선은 그 책의 한 글자 하나하나 허투루 지나가지 않았다.

겉지와 속지의 재질 하나하나까지 꼼꼼히 살피면서 말을 이었다.

"네가 부활하고 보여 주었던 성정으로 판단했을 때, 넌 내 제안을 거절할 이유가 전혀 없었느니라. 한번 의심하기 시작하니 생각이 꼬리를 물더군. 언데드가 돼서도 온전한 자유를 얻은 것이 아님을 직감하자 실망했던 네 모습이 더욱 선명하게 떠올랐느니라. 일족을 소중히 여기는 마음도 사라졌고, 자신의 목숨 그리고 그나마 정이 있는 운정의 목숨만 가치 있게 여기는 것 같았는데, 그 둘에게 모두 유리한 내 제안을 대체 왜 거절했을까, 도저히 이해할 수 없었느니라. 내 제안을 받으면, 운정의 목숨도 쉬이 살리고 학파에서도 자유롭게 되는데 말이다."

"……"

"솔직히 말해서 지금도 그 이유는 모르겠느니라. 다만 어떤 타당한 이유가 있다고 해도 넌 절대 운정을 위험에 빠뜨리는 행동을 하지 않을 테지. 따라서 화산으로 공간이동을 하긴 할 텐데, 그것을 도와줄 수 있는 자가 본좌 말고 누가 있겠는가? 그래. 딱 거기서 본좌의 머리를 스치는 것이 있었느니라."

"……"

"당연히 있었다. 바로 로스부룩이니라. 넌 로스부룩을 통해서 장거리 공간이동을 할 수 있었으니, 본좌의 제안을 거절해도 상관없었던 것이다. 그런 의심이 들었다. 그래서 로스부룩의 방으로 왔느니라. 로스부룩이 없었기에, 더욱 의심은 가중되었다."

"……."

"네 수척한 얼굴을 보니, 일이 틀어졌다는 것을 알 수 있느니라. 모종의 이유로 인해 로스부룩을 통해서 장거리 공간이동을 하려는 계획이 실패한 것이지. 그렇다면 너는 내 도움 없이는 운정을 도와주러 갈 수 없느니라. 다른 가능성이라면 고바넨에게 도움을 청하는 것인데, 그녀가 과연 얼마나 네게 호의를 베풀 것인가? 운정과 척을 진 사이라면 척을 진 사이인데."

카이랄은 순순히 인정했다.

"지력의 반밖에 돌아오지 않았는데도, 그런 추리를 해낸 것인가?"

제갈극이 피식 웃었다.

"네 눈빛에서 네 마음을 보았기 때문에 더욱 확신했느니라. 몸은 나를 경계하면서도 눈빛 아래 묘한 안도감이 보였다. 마치 나를 찾아서 다행이라는 듯 말이다. 네가 나를 만나고 싶어 했다는 점에서 이미 내 추리는 틀릴 수가 없느니라."

카이랄은 손을 내렸다. 그는 무기를 품 안에 넣고는 말했다.

"네 말이 맞다, 태학공자. 지금 장거리 공간이동이 가능한 자는 너밖에 없다. 화산에 있는 운정을 도와줘야 해. 두 번째 태극지혈과 내 차크람의 위치가 엇비슷해. 화산의 장로와 서로 격돌한 것이 분명하다."

제갈극은 만족한 듯 고개를 몇 번 끄덕이더니 말했다.

"그렇다면 그 두 번째 태극지혈은?"

"네게 주겠다. 지팡이로 쓰든 말든 내 알바가 아니지."

제갈극은 더욱 크게 고개를 끄덕이더니 말했다.

"좋다. 당장 가지. 하지만 그곳에 도착했어도 이미 결판은 나 있을 가능성이 크다. 운정은 내력을 소실한 상태. 태극지혈을 들고 마법을 사용하는 화산과 장로와 싸움을 한다면 일순간 결판이 나겠지. 그리고 그가 그 욘이라는 자라면 더더욱."

카이랄은 눈초리를 모으며 집중했다.

"이미 시간이 꽤 흘렀지만, 아직 두 무기의 위치는 매우 가까이 있다. 결판이 났다면 하나라도 이동을 했을 것이다. 그쪽에서도 이변이 일어나고 있는 것이겠지."

제갈극은 입을 모았다.

"오호? 설마 그 둘의 위치를 항시 파악하고 있느냐? 심력의 고갈이 만만치 않을 텐데?"

카이랄이 대답했다.

"지금은 두루뭉술하게만 알면 되니까, 심하진 않다. 그런 의미에서 하는 말인데, 장거리 공간마법에서 내가 다시금 좌표를 보조하는 것은 지금의 상태로 어렵다."

제갈극은 그를 위아래로 훑어보았다.

"확실히 그래 보이느니라."

"뱀파이어의 몸에겐 피 없는 회복 수단은 무용지물이다. 생기 넘치는 선혈이 기반이 될 때 다른 모든 회복 수단이 의미 있다. 혹 피가 있나?"

"그야 나도 직접 경험해서 알지. 피쯤이야, 넘쳐나느니라. 이동할까?"

카이랄이 고개를 끄덕이자, 제갈극은 방 밖으로 나왔다.

밖에는 그의 패밀리어인 모호가 공손히 서 있었는데, 제갈극은 그녀를 지나치며 말했다.

"주변의 마인들에게 카이랄의 신분을 내가 보장한다고 알려라."

모호는 고개를 살짝 끄덕이며 그의 옆에서 걸었다. 카이랄은 빠른 그들의 보폭에 맞춰 바짝 따라붙었다.

그렇게 천마신교 낙양본부의 건물 내부 이곳저곳을 거닐던 그는 거의 열 발자국마다 그의 몸을 훑는 듯한 고수의 의식을 느꼈는데, 그때마다 모호가 이곳저곳을 향해 손짓했다.

그러자 모두들 카이랄에게서 관심을 거뒀다.

카이랄은 언데드가 되어 생사의 감각이 무뎌졌다. 그러나 그럼에도 불구하고 그를 훑는 고수들의 의식을 뚜렷하게 느낄 수 있었다.

그들 하나하나 그 못지않게 오랜 시간을 생사의 갈림길 속에서 보낸 것이 분명했다.

인간에 비해 길고 긴 수명을 가진 카이랄에겐 인간들이 이 정도의 날카로운 감각을 지녔다는 것이, 그리고 그 숫자가 끊이지 않을 정도로 많다는 것이 놀라울 따름이었다.

중원의 제일 세력인 천마신교는 역시 함부로 생각할 곳이 아니었다. 겉으로 드러난 전력이 이런데, 그 안에 숨겨진 힘은 얼마나 되겠는가?

카이랄이 감탄을 거듭할 때쯤, 그들은 제갈극의 실험실에 도착했다.

끝없이 내려가는 지하의 마지막 방까지 오자, 전에 보았던 곳이 나타났다.

제갈극은 그 방에 들어가자마자, 모호에게 손짓했다.

그러자 모호는 한쪽 구석으로 들어가 꿀단지 같은 것을 가져와 카이랄 앞에 놓았다.

제갈극이 말했다.

"피니라."

카이랄은 그것을 물끄러미 내려다보았다. 두세 살 된 아이가 쏙 들어갈 정도의 크기였다.

"이 많은 양이 다 피라는 건가?"

제갈극은 이것저것 분주히 준비하면서 귀찮다는 듯 대답했다.

"피, 그것도 사람의 피니 딱 네게 맞을 것이니라."

"이런 걸 준비해 두고 있다니."

"나 또한 뱀파이어가 되었느니라. 당연히 피를 준비해 두었지. 다만 나는 충분히 마셨기에 네게 주는 것이다."

"……."

"어서 마시고 회복하거라. 만약 운정이 죽었다면, 태극지혈을 화산파 장로인지 욘이니 모를 그놈에게서 뺏어야 하느니라. 최악의 경우 그와 싸워야 하니, 심신을 최고조로 끌어 올리거라."

카이랄이 물었다.

"그와 싸우는 건 내가 알 바 아니다. 운정이 죽었다면 죽은 것이고, 그뿐이다."

제갈극은 바삐 움직이던 손길을 멈추고 카이랄을 돌아보았다.

카이랄은 꿀단지, 아니, 피 단지를 통째로 들어서 입에 쏟아 붓고 있었는데, 벌컥벌컥 마시면서 단 한 방울의 피조차 흘리지 않았다.

어이없다는 표정으로 그를 보던 제갈극이 물었다.

"무슨 소리를 하는 것이냐? 운정의 복수를 해야 하지 않겠느냐?"

카이랄은 피 단지를 모두 마시고는 입맛까지 다셨다.

그 많은 피가 어디로 갔는지, 안이 텅텅 비어 있었다. 그는 피 단지를 내려놓으며 입술을 한번 빨고는 말했다.

"왜? 그가 운정을 죽이기 전이라면 모를까, 이미 죽였다면 끝난 일이다. 그런 경우라면 너도 내 조건을 이행하지 못한 것이니, 태극지혈을 되찾는 데 더 돕지 않겠다."

그의 말은 어찌 들으면 타당했다. 하지만 제갈극은 공감할 수 없었다.

"언데드가 됨으로 요괴의 속성이 사라지고 인간의 감성을 지니게 된 것이 아니었느냐? 친우가 죽었다면 응당 복수해야 하는 것이 아니더냐?"

카이랄은 몸에서 폭발하듯 올라오는 생명의 기운을 두 눈을 감고 만끽했다.

숨 쉴 필요가 없음에도 그는 마치 상쾌한 공기를 마시는 것처럼 편안한 표정으로 가슴을 부풀렸다.

그가 말했다.

"글쎄. 내가 인간같이 되었는지는 나도 모를 일이지. 하지만 복수를 하지 않는다는 것이 왜 이해하기 어려운지 모르겠군."

"이해하기 어려운 것이 아니라 공감하기가 어렵다는 것…
아니다. 하! 이제 좀 알겠구나. 다른 인간들이 나를 볼 때 이
런 느낌이었군! 과연 이런 것이로군."

갑작스러운 반면교사의 가르침에 제갈극은 불현 듯 입꼬리
하나를 올리더니, 곧 다시금 필요한 것을 챙기기 시작했다.

카이랄은 그런 그를 물끄러미 바라보다가, 이내 흥미를 잃
은 듯 다시금 눈을 감고 회복에 집중했다.

반각 정도가 흐르자 제갈극은 실험실 중간에 섰고, 심신을
모두 회복한 카이랄도 그를 따라 앞에 섰다.

두 뱀파이어가 눈을 뜨고 서로를 바라보자, 각각의 두 눈동
자 위에서 혈광이 번뜩였다. 그리고 그들의 눈동자가 미세하
게 움직임에 따라 그 혈광은 혈선이 되었고, 곧 공중으로 흩
어졌다.

그것은 뱀파이어만이 가지는 독특한 특징이었다.

그들은 서로의 두 눈을 보고서야 자기들이 뱀파이어가 되
었다는 것을 완전히 실감할 수 있었다.

제갈극이 툭하니 말했다.

"간편한 몸이니라. 그깟 생혈 하나면 끝이니. 생명을 바치는
흉악한 마법을 쓴다 할지라도 피가 모두 고갈되어 시체로 돌
아갈 뿐, 다시금 피가 주입되면 살아 돌아올 수 있느니라."

카이랄이 대답했다.

"그렇기에 뱀파이어가 된 마법사들은 마법사 본인의 생명력을 바치는 마법의 조건을 보다 쉽게 이행할 수 있는 것이다."

"천살지체를 연구하다 이렇게까지 될 줄이야. 이계와 연관된 일은 종잡을 수 없군."

"나 또한 이렇게 추방자가 되어 엘븐 뱀파이어가 될 줄은 꿈에도 몰랐다. 두 세계의 충돌은 개인에게도 전체에게도 원하든 원하지 않든 예상할 수 없는 변화를 일으킨다."

"……"

"……"

그 둘은 너 나 할 것 없이 양손을 앞으로 뻗었다. 그리고 서로 각자가 맡은 주문을 읊기 시작했다.

얼마나 지났을까, 카이랄의 미간이 모아졌다. 그가 계산한 좌표에서 장거리 이동을 할 만한 공간을 도저히 찾을 수 없었기 때문이다.

모두 장애물에 가로막혀 있어, 그곳으로 공간이동을 했다가는 그대로 한 줌의 고깃덩어리밖에 될 수 없었다.

하는 수 없었던 카이랄은 그곳에서 가장 가까운 공간을 찾았다. 적어도 수십 장은 떨어져 있었다.

우선적으로 그곳의 좌표를 건네준 카이랄은 시전을 마치고 손을 내렸다.

그는 두 눈을 뜨면서 중얼거렸다.

"설마 물속에 있는 건가? 아니면 땅속? 어디가 되었든, 꽤나 어렵게 되었어."

좌표를 받은 제갈극도 의아함을 느꼈는지, 그의 두 눈썹이 오므려졌다.

그러나 그는 우선적으로 공간이동마법을 완성했고, 곧 그는 눈을 뜨며 시동어를 외쳤다.

[텔레포트(Teleport).]

공간이 찢어지더니, 그 둘은 그 틈새로 모습을 감추었다.

*   *   *

해가 떠오르기 직전의 새벽.

둘은 화산 인근에 숲에 떨어졌다.

화산의 험난한 산세는 단순히 지형만 그런 것이 아니라 그 위에 펼쳐진 원시림(原始林) 때문이었다.

안 그래도 복잡하기 짝이 없는 지형에서 서로 햇빛을 받겠다고 수백 년간 전쟁을 치르는 나무들은 사람은커녕 짐승조차 왕래하는 것조차 순순히 허락하지 않았다.

카이랄은 공간이동을 한 후, 자신의 눈을 찌를 듯한 뾰족한 나뭇가지가 눈앞에 버젓이 있는 것을 보곤 눈을 크게 떴다.

자신을 죽이려는 살기 어린 무기들 앞에서도 동요하지 않는 그가 한낱 나뭇가지에 놀란 이유는 비단 그 나뭇가지의 날카로움 때문만은 아니었다.

"이렇게 아슬아슬하게 공간이동을 한 것인가?"

만약 조금만 공간이 어긋났더라면, 카이랄의 눈알은 나뭇가지와 함께 공간 속으로 얽혀 들어갔을 것이다.

그리고 그 극한의 밀도로 인해서 터지지 않으면 다행일 것이다.

저 멀리 바위틈에서 몸을 일으킨 제갈극은 대수롭지 않다는 듯 말했다.

"이 울창한 숲속에서 네 몸만 한 공간을 찾기가 얼마나 어려운 줄 아느냐? 거기도 기적적으로 찾은 것이야."

낙양에서 화산까지는 직선거리로 600리쯤 된다. 나뭇가지와 안구 사이의 길이는 대략 2촌이다.

공간마법의 정밀도(精密度)는 이동 거리와 오차 길이로 계산되니, 제갈극은 방금 적어도 정밀도 6.6도에 해당되는 공간마법을 사용한 것이다.

이는 엘프마법사라면 흉내 낼 수조차 없고 인간마법사라면 수십 명이 협동해야 가능한 정밀도다. 조금만 거짓말을 보태면, 홀로 차원이동도 가능한 수준이다.

무엇보다 카이랄 본인이 넘겨준 정밀도보다 한 차원 높은 정밀도다.

즉, 이것은 카이랄의 도움을 받지 않은 제갈극 본인의 능력이라는 뜻이다.

카이랄이 괴물을 보듯 제갈극을 보았는데, 그는 태연하게 품에서 호리병 같은 것 하나를 꺼냈다. 그리고 홀짝 한번 마시더니, 눈을 번쩍 떴다.

그러자 혈광이 그의 두 눈에서 뿜어져 공중에서 사라졌다.

그는 카이랄에게 말했다.

"선혈인데 필요하느냐?"

피 한 모금으로 6.6도 공간마법에 소비된 심력을 회복한 그를 보며 카이랄은 속내를 숨겼다.

"아직은 괜찮다. 정 필요하면 말하지."

"그렇게 생각한다면 넣어 두겠느니라."

제갈극은 그 호리병을 품에 넣었다.

카이랄은 륜검을 꺼내 주변에 휘두르며 원시목(元始木) 가지들을 쳐내 제갈극 앞으로 왔다.

그는 하늘 높이 치솟아 있는 절벽 쪽을 향해 손가락을 뻗으며 말했다.

"차크람과 태극지혈의 마킹은 이쪽 방향으로 대략 1리 정도 거리에 있다."

손가락을 따라 멀찍이 있는 절벽을 본 제갈극이 말했다.

"절벽 안이라면, 아직 그 동굴에 있는 것이니라."

"하지만 좌표를 살폈을 당시, 그쪽에 우리가 들어갈 만한 공간이 없었다."

제갈극은 조금 뿌연 하늘을 올려다보았다.

"하늘이 탁한 것을 보니, 방금 전 흙먼지가 가득했던 것이 분명하니라. 그렇다는 뜻은 그 동굴이 무너졌다는 것이겠지. 우리가 그곳에 있었을 때도 이미 상당히 불안정했으니까."

"······."

"운정이든 화산파 장로든 모두 압사당했을 가능성이 크니, 나는 우선적으로 태극지혈을 찾겠느니라. 좌표를 알려 주거라."

카이랄은 말없이 절벽을 바라보다가 이내 몸을 움직이며 말했다.

"일단 절벽 주변으로 가자."

그는 다시금 륜검을 꺼내, 그의 앞에 수북한 가지들을 쳐내며 서서히 움직였다.

제갈극은 카이랄 덕에 생긴 공간에 모호를 불렀다.

처음엔 흑색의 구체가 만들어졌고, 곧 여인의 형상으로 변했다.

"부르셨나요?"

제갈극은 앞서 걸어가는 카이랄의 뒤를 따르며, 모호에게 말했다.

"우리가 산 안쪽을 조사하는 동안 주변을 살펴라. 화산파 고수들의 기운이 느껴지거든 바로 내게 알리거라. 네가 직접 육안으로 살펴야 할 것이니라."

"존명."

모호는 포권을 취하곤 제갈극의 뒤로 따라 걸었다.

절벽 부근에 도착하자, 카이랄은 불편하지 않게끔 그 주변의 나뭇가지를 완전히 쳐냈다.

숲의 축복을 받았다면 이런 나뭇가지야 전혀 불편할 것이 없었지만, 언데드가 됨으로 인해 엘프가 당연히 누리던 축복이 사라지자 그로서도 어쩔 수 없었다.

카이랄은 적당한 공간을 만들고 한 손을 뻗어 절벽에 얹었다.

그리고 눈을 감아 그가 새긴 표식의 위치를 좀 더 정밀하게 분석하기 시작했다.

그런 그를 보던 제갈극은 따분한지 하품을 한 번 하고는 하늘 위를 올려다보았다.

아직 태양은 보이지 않았지만, 동쪽 끝에서부터 태양빛이 감돌기 시작하는 새벽이었다.

그것을 감미롭게 감상하던 제갈극은 순간 피부가 간질간질거리는 것이 느껴졌다.

죽은 몸에서 그런 것이 느껴질 리가 없었던 터라 제갈극은 순간 그 느낌을 이해하지 못했다.

그러나 곧 얼굴이 완전히 굳으며 동쪽 하늘을 올려다보았다.

"직사광선(直射光線)!"

불사인 뱀파이어는 딱 한 가지를 절대로 이겨 낼 수 없는데 그것은 바로 태양으로부터 쏟아지는 직사광선이다.

양이 전혀 없는 금단의 몸이기에 그것은 태양빛을 받는 즉시 그 모순이 겉으로 드러나 현실에서 존재할 수 없게 된다.

제갈극은 스스로가 한심하게 느껴졌다.

그에겐 태양을 미처 생각하지 못한 이유가 더러 있었다. 뱀파이어가 된 지 얼마 되지 않아 익숙하지 않았고, 공간마법을 사용하느라 심력을 낭비했으며, 또 동쪽으로 공간이동을 하여 일몰의 시간이 갑작스레 가까워진 점도 있다.

하지만 그럼에도 그것을 미리 생각하지 못했다는 사실 자체에 자존심에 금이 갔다. 마법을 배우기 전의 총명함이라면 절대 놓치지 않았을 것이기 때문이다.

그는 이를 바득 물고는 우선 앞에서 집중하고 있는 카이랄에게 말했다.

"일몰이니라. 태양이 떠오르고 있어."

카이랄은 눈을 감은 채로 나지막하게 말했다.

"직사광선만 가린다면 괜찮을 것이다. 흙을 파든 해서 안으로 들어가 있자."

뱀파이어의 몸이 태양빛에 타는 이유는 다분히 마법적이다.

태양빛 속에 어떤 특별한 물질이나 파동이 숨겨져 있는 것이 아니기에, 한 번이라도 반사된 빛은 뱀파이어의 몸에 아무런 영향도 없었다.

제갈극은 턱을 쓰다듬다가, 큰 소리로 외쳤다.

"모호!"

절벽 위로 올라가 주변을 살피고 있던 모호는 그 주인의 외침에 홀짝 뛰어 땅에 착지했다.

"네, 찾으셨어요?"

"우산 모양으로 변해 줘야겠다. 태양을 가려야 한다."

"우산 모양으로요?"

"우산이라기보단 양산이지. 아무튼 태양의 직사광선을 막을 수 있으면 된다."

모호는 한껏 입술을 모으더니 말했다.

"그러면 이건 어때요? 우선 태양의 기운은 당연히 양이지만, 사괘로 보았을 때는 리기에 해당하······."

모호는 빠른 속도로 그녀의 생각을 쏟아 내기 시작했다.

물론 그녀는 제갈극의 패밀리어이기에 그가 알지 못하는 새로운 사실을 모호가 알 리는 없었다.

하지만 아는 지식 내에선 제갈극이 미처 생각하지 못한 논리나 적용 등을 생각해 내 제갈극을 일깨워 줬다.

신나게 말하는 그녀를 보며 제갈극은 대강 가닥이 잡히는 것을 느꼈다.

하지만 모호는 그걸 모르고 계속해서 자신의 생각을 말했다.

그런 그녀를 보며 제갈극은 패밀리어라는 존재에 대해서 다시금 기이함을 느꼈다.

모호는 그로부터 탄생한 의식체임에도, 완전히 독립적으로 생각하고 행동했다.

그의 명령을 절대적으로 수행하면서도 그의 논리에 허점을 꼬집거나, 논파하는 자율성까지 가지고 있었다.

제갈극은 한 손을 들었다. 그러자 모호는 막 꿀을 먹은 벙어리처럼 말을 모두 삼켰다.

그가 말했다.

"대강 가닥이 잡혔으니, 내 의식을 그대로 받거라."

모호는 포권을 취했다.

"존명!"

그리고 방긋 웃는데, 제갈극은 묘한 기분이 되었다.

그는 곧 눈을 감고 주문을 외웠다.

그것은 방금 모호의 말에서부터 실마리를 얻어 즉석에서 짜낸 술식이었다.

모호의 몸이 서서히 검게 변하더니 곧 칠흑의 구체가 되었다.

제갈극이 한 손을 펼쳐서 위로 띄우자, 그 검은 구체가 하늘 위로 날아오르더니 일순간 옆으로 쫙 펴지며 거대해졌다.

그로 인해서 생긴 원형의 그림자가 제갈극과 카이랄 주변에 피어났다. 한 번도 실험해 본 적 없는 마법이지만, 그럭저럭 성공한 듯 보였다.

눈을 감고 집중하던 카이랄이 나지막하게 말했다.

"몸에 간질거리는 기분이 느껴지지 않는 걸로 보니, 해결했나 보군. 태양을 가릴 수 있는 마법이라. 뱀파이어들에게 꿈같은 마법이야."

그것은 상당 부분 중원의 지식으로 술식을 짠 것이기에, 이 계에는 존재하지 않는 마법인 듯싶었다.

제갈극은 팔짱을 끼더니 거만한 표정으로 말했다.

"본좌가 누군데 실패하겠느냐? 너는 안을 탐색하는 데만 집중해라."

"알겠다."

제갈극은 우선 말은 그렇게 했지만, 곧 불안해졌다.

높은 하늘 위에 버젓이 떠 있는 그 검은 우산은 태양빛조차 모조리 삼켜 버리는 터라, 마치 공중에 구멍이 뻥 뚫린 것 같이 보였기 때문이다.

화산파 고수라면, 아무리 먼 곳에 있다 해도 그것을 충분히 볼 수 있을 것이다.

제갈극이 그렇게 주변을 살피는 와중에, 드디어 카이랄이 절벽에서 손을 뗐다. 그의 두 눈은 흐릿했다.

"피가 남아 있나?"

제갈극은 묵묵히 피가 담긴 호리병을 건네주었고, 카이랄은 피를 몇 차례 마신 뒤에 다시 돌려주었다.

제갈극이 물었다.

"그래서?"

입을 닦은 카이랄이 대답했다.

"태극지혈과 차크람 주변으로 탐색해 보았다. 우선 사람 형상으로 보이는 것이 네 개가 있었어. 하나는 여자로 보였고, 셋은 남자로 보였는데, 그들이 누구인지는 알기 어려웠다. 다만 여자와 한 남자는 살아 있는 듯 보였고, 다른 두 남자는 죽은 듯했다."

"흐음."

"살아 있는 자는 그 몸속에서 엄청난 기운의 파동이 느껴졌다. 도저히 가까이 가서 확인할 엄두가 나지 않았어. 그리고 여인 또한 살아 있는 것처럼 보이긴 했는데, 그 상태가 매우 나쁜지 당장에라도 숨이 넘어갈 듯 보였다."

제갈극은 매끈한 턱을 한번 쓰다듬더니 말했다.

"그렇다면 공간이동으로 빼내야 하겠구나. 그쪽에서 이쪽으로 데려오는 거니 소환하는 형태로군. 꽤 어렵겠어. 아무튼 누구를 데려오길 원하느냐?"

"네 명 다 확인하고 싶다."

제갈극은 그 말을 듣고 얼굴을 확 찌푸렸다.

"하늘 위를 보거라. 저런 검은 물체가 둥실 떠 있는데 화산파 고수들이 가만히 있을 것 같으냐? 게다가 여긴 동굴이 무너지며 사달이 난 곳이니라. 이미 이목이 집중된 상태에서 우리가 발각당하는 것은 시간문제다. 소환하는 형태의 공간마법에 본죄가 익숙하지 않다는 것까지 고려하면, 넷 중 딱 한 명 정도만 빼 올 수 있을 것이다. 딱 한 명만 선택해라. 그를 빼내주면 태극지혈의 정밀한 좌표를 넘기고."

"……"

"어차피 급하지만 않다면 이건 나 혼자 충분히 할 수 있는 일이니라. 귀찮은 작업이 되겠지만 바위 속에 태극지혈을 누가 빼갈 것도 아니니, 칠 주야가 되든 한 달이 되든 하면 그만. 그러니 이건 내가 약속을 굳이 지키기 위해서 네게 호의를 베푸는 것이라 할 수 있느니라. 선택하거라, 한 명을."

카이랄은 잠시 고민하더니 이내 말했다.

"살아 있는 여자."

"왜지? 운정을 구하려는 것 아니었나?"

"우선 죽은 자를 공간이동 시켜서는 의미가 없다. 운정이
죽었다면… 어차피 아무런 의미가 없어. 그러니 공간이동은
살아 있는 자에게 해야 한다. 그런데 살아 있는 남자는 몸속
에 마나의 요동이 극심했다. 그런 자를 함부로 공간이동했다
가는 마나의 역류로 죽을 수도 있다. 그가 적이라면 상관없지
만, 운정이라면 과거의 내력을 회복하려는 것일 수 있다. 그렇
다면 알아서 나올 수 있겠지."

"오호?"

"그리고 여성의 경우, 운정이 매우 아꼈던 그 여인일 가능성
이 크다. 이미 저 안에서 죽어 가고 있으니, 그녀를 살려 내는
것이 그나마 낫겠지."

제갈극은 곧 앞으로 두 손을 뻗으며 말했다.

"그 여인의 좌표를 넘겨라."

카이랄도 그의 앞에 서서 두 손을 앞으로 뻗으며 주문을
외우기 시작했다.

제갈극은 카이랄에게서 받은 정보로 여인의 위치를 파악할
수 있었고, 때문에 그 여인에게 가중되고 있는 힘도 철저하게
계산할 수 있었다.

제갈극의 눈썹이 꿈틀거렸다.

"몸에 외부 압박이 있느니라. 다리 쪽인지 머리 쪽인지 모르겠지만."

"오차 범위를 줄여서 몸만 정확히 빼 오면 괜찮지 않나?"

"그것뿐만 아니라 가중되는 외부 압박을 이겨 낼 수 있는 걸, 우리 쪽에서 동시에 전송해야 하는… 아, 아니다. 됐다. 넌 마법을 활용할 뿐, 마법사는 아니었지."

설명하다 관둔 제갈극은 두 팔을 내리곤 눈을 떴다. 그리고 한쪽에서 적당한 크기의 돌을 가져와서 카이랄과 자신의 사이에 두더니 다시 자세를 잡고 양손을 앞으로 뻗었다.

카이랄은 두 눈을 감은 상태로 얼굴을 살짝 찌푸렸다.

"뭘 하려는 거지?"

제갈극은 귀찮다는 듯 말했다.

"됐으니까, 좌표나 다시 넘기거라."

카이랄은 시키는 대로 했고, 제갈극은 공간마법을 읊었다.

평소보다 뭔가 어려운지 연신 눈을 찡그리며, 극도의 짜증을 표정으로 표현했다.

곧 공간마법이 발동되고, 카이랄과 제갈극 사이에서 돌이 사라지며, 한 여인이 엎어진 채 나타났다.

"으, 으음."

여인은 몇 차례 신음을 내더니 기절해 버렸다.

그녀를 물끄러미 내려다보던 카이랄은 고개를 갸웃했다.

"운정 옆에 있었던 그 여인이 아니군. 누구지?"

제갈극은 그 여인이 누구든 아무런 관심이 없었다. 그는 눈초리를 모으더니 깊은 생각에 빠진 카이랄에게 일갈했다.

"이제 태극지혈의 좌표를 넘기겠느냐?"

카이랄이 고개를 끄덕이려는데, 순간 위에서 강렬한 마기가 천지를 진동시켰다.

제갈극과 카이랄은 자기도 모르게 고개를 돌려 그 기운의 중심을 바라보았다.

第二十七章

노도사(老道士)는 티끌 하나 없는 새하얀 도복을 입고 있었고, 머리카락 한 올도 삐져나오지 않게 머리가 정갈했다.

수염은 배꼽까지 내려오도록 멋들어지게 길렀고, 볼과 턱에 난 잔수염은 말끔히 쳐져 있었다.

구레나룻과 이마 그리고 눈썹의 털끝 하나하나까지 세심하게 정리되어 있었다.

그는 시종일관 진지했다.

굳게 닫힌 입술이나 강렬한 안광을 쏟아 내는 두 눈, 그리고 딱딱한 표정이 잘 말해 주고 있었다.

그러나 그 속에서 은은하게 흔들리는 두 눈동자나 파르르 떨리는 입꼬리는 그가 사실은 긴장하고 있다는 것을 보여 주었다.

그는 마른침을 삼켰다. 그리고 깊은 한숨을 들이마셨다.

폐에 신선한 공기가 가득 찰 때쯤, 그는 왼손으로 오른손의 소매를 붙잡고 오른손을 앞으로 가져가 벼루에 곱게 놓인 붓을 들었다.

그리고 종이 위에 붓끝을 올리더니 거침없는 손길로 글귀를 적어 내려갔다.

위낙선(为落仙).

혼유일개기회(還有一個機會).

태극마심신공(太極魔心神功).

지금까지 있었던 그 고요함은 이 한 번의 폭풍을 위해 준비된 듯싶었다.

노인은 자신이 가진 모든 힘을 쏟아 냈는지, 붓을 반쯤 놓치듯 옆에 두었다.

폐에서 공기가 새어 나오며 자세가 완전히 흐트러졌고, 옆으로 서서히 쓰러지기 시작했다.

쿵.

그는 겨우 왼손으로 바닥을 쳐 허물어지는 자세를 붙잡았다.

그러곤 막 감겨 오는 두 눈꺼풀을 겨우 들어서 종이를 보았다.

그때 마침 그가 쓴 글귀가 서서히 옅어지더니 이내 종이 속으로 쏙 사라졌다.

마치 물속으로 가라앉아 모습을 감추는 듯했다.

그제야 노인의 표정에 만족감이 떠올랐다.

노인은 옆에 누워 버렸고, 단잠을 청하기 시작했다.

"드르렁, 쿨쿨."

코골이까지 하며 아무렇게나 널브러진 노도사는 세상만사에 통달한 듯, 지극히 편한 표정을 짓고 있었다.

그런데 갑자기 그 노도사의 심장이 빠르게 뛰기 시작하더니, 그 육신에서 변화가 일어나기 시작했다.

쿵. 쿵. 쿵.

심장 박동에 맞춰 가슴에서 전신으로 뿜어진 선혈은 그것이 닿는 노도사의 육신에 젊음을 공급했다.

느슨해진 핏줄은 다시금 팽팽하게 변했고 구멍이 송송 뚫린 뼈는 서서히 메꿔지기 시작했다.

마치 흰 종이에 검은 먹물이 적셔지는 것처럼, 그의 몸은 젊음에 적셔지기 시작했다.

몸 안에서의 변화는 서서히 겉으로 드러나기 시작했다.

주름진 그의 피부는 탄력을 되찾았고, 흰 머리카락은 본래의 색을 되찾았다.

"드르렁, 쿨쿨."

코를 골며 단잠에 빠진 노도사는 그렇게 반로환동(返老還童)했다.

운정의 의식은 그 노도사를 내려다보았다.

반로환동으로 젊어진 노도사는 겉으로 보이기에 막 신선의 반열에 들어선 조화경의 고수로 보였다.

하지만 그 몸속에는 도저히 도사의 것이라 상상할 수 없는 마기(魔氣)로 가득했다.

핏물 하나하나에 녹아든 그 마기는 상상하기 어려운 힘을 내포하고 있었는데, 언뜻 보기에는 마치 순결한 정기처럼 보였다.

운정의 의식은 그것을 보며 말했다.

"겉으로는 선한 척, 도도한 척해도. 결국 안은 썩어 빠진 위선자. 이소운이야말로 무당의 본질을 꿰뚫은 것이로구나."

그의 의식은 천천히 내려가, 노도사의 심장에 손을 얹었다.

당장 가슴을 뚫고 나올 듯 쿵쾅거리는 그 심장을 느끼며 말했다.

"수십 수백을 학살한다 할지라도 이런 마기를 얻을 수 없다. 한데 이소운은 자신이 마교 출신의 첩자라는 죄책감 하나 때문에 이런 마기를 얻게 되었다. 심지어 그것을 솔직히 고백하고 스승과 동문들에게 용서를 받았음에도, 그 마(魔)는 더욱 미쳐 날뛰어 이런 지경까지 이르렀다. 왜? 이 마기의 근본은 무엇인가?"

그의 의식은 손을 서서히 내려 그 노도사의 단전에 가져갔다.

그의 단전은 무당산의 정기를 그대로 이어받은 만큼 정순한 기운이 가득했다.

그 정도로 정순한 내력을 품기 위해선 정순한 무당파의 내공을 익힌다고 할지라도 불가능하다.

무당파 내공 중에서도 무궁건곤선공(無窮乾坤仙功)만이 가능할 것이다.

운정의 의식이 의미심장하게 말을 이었다.

"본신내력이 무궁건곤선공일까? 아니, 그럴 리 없다. 무궁건곤선공은 너무나 순수하여, 아무도 익히지 않는 기본적인 토납법에 불과하다. 나 또한 사부님이 아닌 다른 무당의 어른을 사부로 모셨다면 그 존재조차 알지 못했을 것이다. 검선은 아마 죄책감으로 인해 감당할 수 없을 만큼 커진 마기를 억제하고 해소하기 위해서 순수한 내공심법을 찾다가 무궁건곤선공을 익히게 되었을 것이다. 하지만 그럼에도 불구하고 마기를 소멸할 수 없었을 것이다."

운정의 의식은 눈을 감고 그의 단전에 쌓인 내력을 살펴보았다.

단전에 쌓인 무궁건곤선공의 기운은 기혈을 타고 전신으로 공급되고 있었다.

그리고 그것은 심장에서부터 출발하여 전신으로 흩어지는 핏물의 표면을 매 순간마다 감싸고 있었다.

"마기(魔氣). 그 힘은 강력할지 모르나 그 특성상 언제나 역류(逆流)하려 하고 그로 인해 육신에 상당한 영향을 미쳐 인간을 마인으로 만든다. 그것을 무당파의 정순한 기운으로 감싸 표면이라도 정순한 방향으로 돌려, 몸의 부담을 없애고 마기를 마치 정기인 양 사용하는 것이 바로 태극마심신공."

마기가 가득한 혈류는 끊임없이 역으로 돌았지만, 무궁건곤선공의 선기가 그 피의 겉 표면을 둘러싸 정방향으로 흐르는 것처럼 했다.

그렇기에 속에 마기를 품으면서도 정순한 무당파의 내공을 사용할 수 있는 것이다.

"맑은 물을 흐리기 위해서는 단 한 방울의 먹물만 있으면 된다. 하지만 한 그릇의 먹물을 깨끗하게 하기 위해선 호수를 가득 채울 맑은 물이 필요한 법이다. 아무리 무궁건곤심공을 익혀 정순하기 짝이 없는 무당산의 정기를 몸 안에 쌓는다 할지라도, 그의 죄책감에서부터 생성되는 마기를 감당할 수 없었을 터. 그나마 할 수 있는 것은 이렇듯 표면을 둘러쌓고 마치 정기인 척 위장하는 것뿐이다."

운정은 사부님이 말했던 무당파의 말로를 기억했다.

"하지만 그렇다 하여 몸이 그것을 버텨 줄 수 있을까? 역으로 흐르려는 핏물을 정기로 휘감아 정방향으로 흐르게 둔다 한들, 그것이 얼마나 지속될 수 있을까? 환골탈태를 이루어 겉과 속이 모두 강대한 내구력을 지녔다면 모를까, 보통 인간의 몸으로는 지속적인 혈류의 압박으로 마기를 이겨 낼 수 없을 것이다. 검선도 수십 년 동안의 폐관수련 끝에 몸과 마음을 완성했기에 이겨 낸 것이다. 이를 어린 제자들에게 섣불리 익히게 하였으니, 그런 참담한 결과가 일어나게 된 것은 어찌 보면 당연한 것. 그가 욕심을 부렸구나!"

운정의 의식은 두 손을 다시 들어 검선의 심장 위에 올려놓았다. 그리고 그 심장에부터 끊임없이 생성되는 마기에 집중했다.

그 마기의 근원을 파악하기 위해서 그의 의식은 수없이 많은 시간을 고심하는 데 썼다.

"내공이 정순하면 정순할수록 또한 그 경지가 높아지면 높아질수록, 그것이 요구하는 도덕성은 한없이 높아만 간다. 조금이라도 악한 것은 물론이고 범인들이 괜찮다고 생각하는 것에도 죄의식을 느끼기 시작한다. 그렇기에 기준에 목말라하는 것이다. 누구라도 좋으니 괜찮다 하기를 바라는 것이다. 그러나 이 세상의 어떠한 기준도 모순이 없는 것은 없으며 때문에 필연적으로 한계가 있는 법. 언젠간 타협해야만 하고 그 타협으로 인해 인간은 절대 신선이 될 수 없다. 그나마 이룩할 수 있는 것이 반선지경(半仙之境). 이것을 세간에서 조화경(造化經)이라 착각한단 말인가?"

운정의 의식은 노도사의 몸에서 양손을 떼었다. 그리고 차분한 눈길로 그를 바라보았다.

노도사는 더 이상 노도사라 할 수 없는 젊은 청년이 되어 있었다.

운정의 의식이 말을 이었다.

"인간은 완전히 선할 수도, 완전히 악할 수도 없다. 완전히 백색도, 흑색도 될 수 없다. 태생이 그러한데 왜 백색이 되려 하며 왜 흑색이 되려 하는가? 아무리 기준을 정해 흑색을 한쪽으로 몰아넣는다고 온전한 백색이 될 수 있나? 아니다. 오히려 한쪽으로 몰면 몰수록 영역이 작아진 흑색은 더욱 진해지고 또 진해질 뿐. 오호라! 이것이 검선이 그리 심각한 악행을 일삼지 않아도 이런 고밀도의 마기를 지니게 된 이유로구나. 스스로의 고뇌에 빠져 스스로 마기를 정제하고 만들었어."

운정의 의식은 웃었다. 그리고 눈을 감았다.

부유하던 그의 의식은 천천히 내려왔다. 그리고 젊어진 노도사의 몸속으로 들어가기 시작했다. 짧은 시간 후, 운정의 의식은 그 젊어진 노도사 속으로 완전히 사라졌다.

운정의 의식이 그의 육신으로 돌아왔다.

쿵! 쿵! 쿵! 쿵!

심장은 당장에라도 터져 버릴 듯 세차게 뛰고 있었다.

엄청난 압력이 혈맥을 타고 전신에 전해지자 온몸의 모세혈관들이 터져 버렸고, 온몸의 구멍을 통해 핏물이 뿜어지기 시작했다.

쿵! 쿵! 쿵! 쿵!

운정은 목덜미를 때리는 혈압 때문에 정신을 차릴 수 없었다. 그의 선혈은 사나운 마기를 가지고 있어, 정순하기 짝이 없는 그의 뇌를 침공하기 위해 안간힘을 썼다.

쿵! 쿵! 쿵! 쿵!

진득한 그 마기는 끊임없이 그의 생사혈관을 공략했다.

그의 생사혈관은 무당파의 수련으로 인해 이미 완전히 뚫려 있었지만, 그것은 정순한 기운의 입장에서의 이야기다.

정기와 정반대인 마기에게 있어 그곳은 꽉 막힌 곳이다.

감히 침범할 수 없는 곳이다. 물이 막힘없이 흐르는 강물은, 땅 위를 걷는 동물들에겐 막힌 길인 것과 같은 이치다.

그의 정순한 생사혈관은 절대로 마기의 침입을 허락하지 않았다.

생명을 위협할 정도로 두드려도 열리지 않았다.

그러자 그의 심장은 고동을 멈추고 서서히 팽창하기 시작했다.

폐를 밀어내고, 장기도 밀어내고 온몸의 핏물을 모조리 빨아서 그 크기를 키웠다.

우드득. 우득.

그의 심장은 갈비뼈를 아작 낼 정도로 팽창했다.

부풀어 오른 가슴 피부는 시커멓게 변했고, 피를 빼앗긴 손발은 시체의 그것처럼 창백했다. 그가 가진 모든 핏물이 그의 심장에만 가득해졌다.

단 한 방울 피조차 심장 외에 남아 있는 곳이 없자, 드디어 심장은 팽창을 멈추었다. 그리고 일순간 수축했다.

쿠— 쿵!

심장이 수축하며 그 모든 핏물이 머리를 향해 뿜어지기 시작했다. 운정의 육신이 보통의 몸이었다면, 진작 혈관이 모두 터져 이미 죽었을 것이다. 하지만 선인의 몸은 그 엄청난 압력을 버텨 냈다.

그 광포한 혈류는 곧 정순한 생사혈관에 도달. 그 벽에 부딪쳤다.

쾅―!

운정은 두 눈을 떴다. 정순한 생사혈관에 막혀 버린 혈액 속 마기는 대신 그의 뇌 속을 마음껏 날뛰기 시작했다. 그에 따라 그의 뇌는 서서히 오염되기 시작했다.

그 어떠한 것도 생각할 수 없는 그 순간, 운정은 끊임없이 무궁건곤선공을 머릿속을 되새겼다.

평생 동안 매일같이 읊어 왔던 구절을 상기하는 것만이 그가 할 수 있는 유일한 것이었다.

그때, 그의 뇌 속에서 마구 날뛰던 태극마심신공의 마기가 일순간 정지했다.

그리고 갑자기 다시금 흐르기 시작했는데, 방금처럼 제멋대로 날뛰는 것이 아니라 하나의 질서를 갖추었다.

다만 그 방향이 인간의 몸에 적합한 방향과 정반대였다.

운정이 지닌 선인의 몸은 그 역류하는 핏물을 견뎌 냈다.

보통 인간의 몸이라면 그 광포한 기운에 노출되어 이성이 사라졌을 테지만, 그의 튼튼한 몸은 충분히 감당할 수 있었다.

다만 전신에서 몹시 불쾌한 기분이 드는 건 어쩔 수 없었다.

운정이 숨을 내쉬었다.

"후우. 후우. 후우."

그의 호흡 하나하나에서 가공할 마기가 흘러나왔다. 그리고 그의 두 눈빛도 마광으로 번뜩였다.

그는 우선 자신을 압박하고 있는 눈앞의 무언가가 싫어졌다.

무궁건곤선공을 운용하여 양팔에 기운을 넣은 그는 앞으로 팔을 뻗었다.

그러자 양팔에 가공할 마기가 가득 차오르며 수십 근의 바위 속으로 푹 들어갔다.

운정은 고개를 한번 갸웃했다.

"설마 그 꿈이 단순한 꿈이 아니었단 말인가? 선공을 일으켰는데, 왜 마기가 움직인 것인지?"

그는 눈을 감아 보았다. 그리고 단전을 살폈는데, 그의 단전은 역시 전처럼 텅텅 비어 있었다.

그는 손에 실린 마기를 역추적해서 몸을 다시 살폈는데, 그것은 단전이 아니라 심장으로부터 기운을 공급받고 있었다.

그는 한숨을 푹 쉬었다.

"태극마심신공의 영향이로군, 단전이 아니라 심장에서 마기를 만드는 마공은 그것밖에 없으니. 어찌 됐든, 우선 살았으니 다행인가? 후우, 일단 더 자세히 살펴봐야겠어."

운정은 다시 선공을 일으키며 팔을 앞으로 뻗었다.

그리고 마치 두부를 훑는 것처럼 바위를 옆으로 다져서 공간을 만들었다.

그는 가부좌를 틀고 앉아 조금 명상의 시간을 가졌다. 자기 내부를 낱낱이 훑어본 그는 결국 자신이 태극마심신공을 익혀 버린 것과 그것이 무궁건곤선공과 완전히 결합된 것을 알 수 있었다.

언제 익혔는지, 그리고 언제 선공과 결합했는지 도저히 알 수 없었다. 그는 사부님의 한숨 소리가 들리는 것 같았지만, 이내 마음의 짐을 털어 버렸다. 이제 와서 무슨 순수함이고 무슨 정순함이란 말인가?

그는 온몸을 옥죄는 듯한 갑갑함을 느껴 몸을 이리저리 틀었다.

"아직은… 뭐가 다른지 모르겠군. 그나저나, 이건?"

그는 뒤쪽에 걸리는 기분이 있어 그것을 꺼내 들었다. 그것은 카이랄이 그에게 줬던 류검이었다. 그는 깃털처럼 가벼운 그것을 들고 선공을 일으켜 마기를 주입했다. 그러자 그 류검이 응응거리는 소리를 내며 울었다.

"특이한 재질이야. 기가 없이도 이 세상의 것이라 할 수 없는 날카로움을 지녔고 또 기운을 받는 것 자체를 거부하지도 않으니. 아쉽게도 너무 가벼워서 내력을 집어넣는다고 할지라도 큰 효과는 없을 것 같은데……."

그는 그것을 앞으로 휘두르며 마기를 쏘아 보냈다. 아무런 심득이 담기지 않은 날것의 검기라 그런지 류검의 곡률을 그대로 탔다. 그것은 반월처럼 앞을 베더니, 다시 그의 다리로 날아돌아왔다. 운정은 순간 몸을 살짝 띄워서 그것을 피해내고는 흥미롭다는 듯 그 류검을 내려다보았다.

"역시 전과 같아. 검기가 휘어져 다시 돌아오니 전투에는 알맞지 않겠지만, 지금 상황에선 오히려 좋군. 이대로 큼지막하게 바위를 베어 내면 되겠어."

다시금 그는 류검을 통해 반월로 휘는 검기를 쏘았다. 그리고 그것에 의해서 베어진 반월 모양의 바위와 자기 자신이 서 있는 빈 공간의 위치를 서로 바꾸는 식으로 서서히 절벽 밖으로 나갈 수 있었다.

절벽 한쪽에서 펑 하는 소리와 함께 반구 모양의 바위가 덜컥 튀어나왔다. 그것은 땅으로 추락하더니, 곧 굉음을 울리며 산산조각 났다.

쿵—!

그 바위가 있던 절벽 중간에서 나타난 운정은 동쪽 하늘에서 기지개를 펴고 있는 태양을 바라보았다.

화산의 절경과 더불어 산세의 가득한 현기가 전신에서 느껴졌지만, 이상하게도 아무런 상쾌함을 느끼지 못했다. 절벽 속의 폐쇄된 공간 속을 뚫고 나왔지만 온몸을 둘러싼 갑갑함은 전혀 해소되지 않았다.

"운정!"

운정은 그를 부르는 소리에 아래를 보았다. 절벽 아래에는 카이랄과 제갈극이 있었다. 제갈극은 운정을 보며 경악한 표정을 짓고 있었는데, 그가 그토록 놀란 표정을 짓는 것은 처음이었다. 웬만한 일에도 차분한 목소리로 '경이롭군' 하며 넘기기 일쑤였는데 그가 무엇을 보고 그리 놀란 것일까?

그들이 시야에 잡히자, 저절로 그들을 삼키고 있는 그림자가 보였다. 비스듬히 기운 원통형의 그 그림자는 마치 동그란 창문에서 쏟아지는 햇빛 같았다. 차이점이 있다면 창문이 아니라 검은 구체라는 것과, 쏟아지는 것이 햇빛이 아니라 그림자라는 점이다.

운정은 공중에 부유하고 있는 흑색 구체를 손가락으로 한 번 가리키더니 카이랄에게 말했다.

"마기가 느껴지는데, 없애 줄까?"

카이랄은 고개를 흔들었다.

"아니다. 햇빛으로 우리를 보호해 주고 있는 거야. 일단 내려와라."

운정은 그 그림자를 잠시 흥미롭게 보다가 곧 몸을 던졌다. 그리고 무당파 최고 경공인 제운종을 펼쳐 아래로 내려왔다. 하지만 그는 내려오는 도중 몇 번이고 몸을 기우뚱거리며 제운종을 다시 처음부터 펼쳐야만 했다. 마치 다리 길이가 들쑥

날쑥해 제대로 걷지 못하는 사람과 같았다.

탁.

그들 앞에 서자, 운정은 자신의 발을 바라보았다. 그곳에는
진득한 마기가 일렁이고 있다.

운정은 이해할 수 없었다. 태극마심신공을 익혔던 검선은
무당파의 내공을 마치 본래 무당파의 내공을 익힌 것처럼 펼
칠 수 있었다고 사부님께 수없이 많이 들었다. 그 검선의 눈
속임에 무당파 모두가 속았다고 으르렁거리는 것이 그의 아침
인사일 정도다. 그 말이 맞다면, 지금 그도 무당파의 경공인
제운종을 무리 없이 펼쳐야 하는데, 몇 번이고 흐름이 막히면
서 도저히 온전히 펼칠 수 없었다.

운정이 고민에 빠진 사이 제갈극은 두 눈을 번뜩 빛내며 말
했다.

"마기를 기반으로 무당파의 무공을 펼치다니. 정과 마가 뒤
바뀌는 역혈지체를 이룩하지 않고서야 절대로 있을 수 없는
일이니라. 전신에서 흐르는 진득한 마기는 극마(極魔)급. 과연
역혈지체를 이룩하였구나!"

사색에서 빠져나온 운정은 제갈극을 돌아보며 나지막한 목
소리로 말했다.

"위선(僞善)만 한 악(惡)이 어디 있겠습니까? 때로는 위선이
선보다 더 선하게 보이지요."

"……."

카이랄은 운정을 보며 말했다.

"무슨 변화가 있었던 것이지? 네 몸에서 느껴지는 그 마나는 어떻게 된 거지? 전과는 또 다른 모습인 듯한데… 확실히 어둠이 느껴지는군."

운정이 그를 돌아보며 대답했다.

"모르겠어. 왜 이리 진득한 마기가 흘러나오는지. 태극마심신공을 익혔기 때문인 것 같은데 그렇다면 이렇게 마기가 흘러나올 수 없어. 태극마심신공은 엄연히 속으로 마기를 품어 다루는 것이지, 겉으로 드러나는 마공이 아니니까."

제갈극은 턱을 괴더니 말했다.

"그렇지. 과거 검선이나 태극진인도 태극마심신공을 익혔으나, 겉으로는 오로지 무당파의 정기만이 보였고, 마기는 속에 완전히 갈무리되었느니라. 하지만 너는 그저 극악무도한 마공을 익힌 마인처럼 마기만 질질 흘리고 있으니, 이건 역혈지체를 이룩하지 않으면 불가능한 것이다. 다시 물으마. 어찌 이룬 것이냐?"

운정은 제갈극을 한참 뚫어지게 보더니 곧 두 눈을 조금 감은 뒤에 말을 꺼냈다.

"그것이……. 흐음, 태극마심신공은 분명 피를 역류하게 하는 마공임이 틀림없으나, 무궁건곤……. 흠, 하지만 나는 단전이……. 과연, 과연 그런 것인가?"

운정은 말을 하다 말고 아끼며 시선을 땅으로 옮겼다. 그런 그를 바라보며 제갈극이 답답한 듯 물었다.

"그러니까! 어떻게 이룩하였냐고 묻고 있지 않느냐!"

운정은 갑자기 두 눈을 번뜩이며 제갈극을 보았다. 그의 두 눈에선 공중에 구멍을 뚫어 놓은 것 같은 흑빛의 마광이 일렁였다.

"태학공자. 카이랄과 함께 화산으로 오는 조건으로 혹 태극지혈을 요구하셨습니까? 실례지만, 태학공자가 단순히 선의로 이렇게 오셨다고는 믿기 어려워서 그렇습니다만."

제갈극은 입술을 살짝 틀며 대답했다.

"당연하지. 그럼 본좌가 아무런 대가 없이 널 살려 주려고 이곳까지 왔으리라 믿느냐?"

그 말을 들은 운정은 또다시 한참 동안 제갈극을 노려보았다. 제갈극은 겉으로 티는 안 냈지만 운정의 두 눈에서 폭발되는 마기 때문에 몸에서 서서히 소름이 돋는 것 같은 기분을 느꼈다. 그는 지금껏 수많은 마인들 가운데서 지냈지만, 단순히 쳐다보는 것만으로 이런 기분을 느끼게 한 건 심검마선을 제외하곤 없었다.

아니, 뱀파이어의 몸으로는 심검마선에게조차 그런 기분을 느끼지 못할 것이다.

운정이 말했다.

"태극마심신공은 태극지혈 두 자루와 궁합이 좋습니다. 검선조차 후에 자신의 태극검을 버리고 과도한 욕심을 부려서라도 태극지혈을 얻으려 했었죠."

제갈극의 눈길이 날카로워졌다.

"그래서? 태극지혈을 내주지 못하겠다, 이것이냐?"

운정은 고개를 흔들었다.

"여기까지 와서 당신과 싸울 생각은 없습니다. 다만 제안을 하나 하고 싶습니다."

"제안?"

"태극지혈을 포기하십시오. 그러면 제가 어떻게 역혈지체를 이룩하게 되었는지 아는 한 모든 것을 말씀드리겠습니다."

제갈극은 그 말을 듣는 순간 스스로의 실수를 깨달을 수 있었다.

흥분했다.

너무 흥분했다.

그토록 찾아 헤매던 답의 실마리가 눈앞에 나타난 것 같아서 술술 말을 하던 운정이 그것을 눈치채고 말을 아낀 것이 분명하다.

제갈극은 한쪽 입꼬리를 올리며 말했다.

"내가 그 따위 제안을 받을 것 같으냐? 역혈지체를 이루는 것쯤이야 스스로 알아낼 수 있다."

운정도 제갈극을 따라 한쪽 입꼬리를 올렸다.

"과연 그럴까요?"

"……."

"……."

저렇게 간사하게 상대를 비웃는 운정이라니?

제갈극과 카이랄은 전에는 상상할 수도 없는 모습을 보여주는 운정을 보며 할 말을 잃었다.

운정은 말을 이었다.

"태극지혈을 얻으려 하는 것은 스스로의 마법지팡이를 만들기 위함이니 이는 개인적인 것이고, 역혈지체의 비밀을 캐내려 하는 이유는 천마신교의 일일 것입니다. 태학공자께서 개인적인 이득과 천마신교의 일 사이에서 어떠한 선택을 하실지 두고 보겠습니다. 참고로 전 마교에 입교할 예정이니, 이 일을 상관에게 보고할 것입니다."

"……."

제갈극의 눈에 살기가 번뜩이자, 운정도 두 눈에 마기를 가득 담으며 말했다.

"카이랄, 하나만 묻겠는데, 저기 하늘에 떠 있는 것은 일부러 그림자를 만들려는 건가?"

묘한 긴장 가운데 카이랄이 대답했다.

"태학공자나 나는 뱀파이어다. 태양으로부터 직사광선을 받으면 한 줌의 재로 변한다."

"그렇군. 그럼 그림자 밖으로만 밀어내면 죽음을 면치 못하겠어."

운정은 무표정으로 제갈극을 보았다. 그리고 제갈극도 운정을 마주 보았다.

제갈극이 말했다.

"저 암흑 구체를 치우면 카이랄은 그 즉시 소멸이니라."

제갈극의 협박에도 운정의 표정은 전혀 변하지 않았다.

그가 무표정한 그 상태 그대로 말했다.

"태학공자, 당신은 스스로의 목숨을 귀중히 여기니 동귀어진할 사람이 못 됩니다. 되도 않는 협박은 그만하시지요."

"무, 무슨 소리냐! 협박은 지금 네가 하는 것이지 않느냐!"

제갈극은 분노를 참기 어려운지 얼굴 근육을 씰룩거렸지만, 정작 아무것도 하진 않았다.

운정은 다시 차분하게 말을 이었다.

"그렇게 느끼셨다면 사과드립니다. 태극지혈을 연구할 수 있게는 해드리겠습니다. 그것을 통해서 자신의 지팡이를 따로 만드십시오. 다만 태극지혈 자체를 내드릴 수는 없습니다. 어떻습니까?"

제갈극은 잠시 흔들리는 듯 침묵했다.

그러다가 큰 목소리로 날카롭게 일렀다.

"역혈지체를 이룩하는 데 있어 영향을 끼친 모든 무공과 그 구결! 뿐만 아니라 네 몸에 일어나는 모든 조화에 관한 설명과 네 스스로의 깨달음까지. 그 모든 것을 단 하나의 거짓도 없이 모두 토해 낸다면! 그렇다면 고려하겠느니라."

운정은 이미 그 답을 예상했는지 바로 그의 말을 이어서 말했다.

"그렇다면 제게 마법을 가르쳐 주십시오. 제 본신내력을 전부 다 드릴 테니, 당신 또한 마법에 관한 모든 지식과 중원식 해석 및 기문둔갑까지, 모조리 주십시오."

두 엘리멘탈이 몸에 함께 자리 잡은 운정의 상태는 미지(未知) 그 자체다. 하나의 마법사에게 하나의 패밀리어만 있을 뿐, 둘 이상은 절대로 불가능하다는 선착(先着)의 법칙은 지금껏 단 한 번도 깨진 적이 없다.

그러니 지금 운정에겐 어떤 일이 일어나도 이상하지 않다. 정신을 잃어버리거나, 광인이 되거나, 육신이 두 쪽으로 갈라지거나, 혹은 그냥 죽어 버려도 마법사들은 납득할 것이다.

그뿐만 아니라 겉도는 저주주문도 있다. 그것은 즉사주문과 동일한 효과를 지닌 그 저주는 영창되기 전엔 방어할 수 있지만, 이미 완전히 영창된 뒤에는 막을 수 있는 카운터스펠이 없는 최상급 저주다. 운정에게는 그 저주가 이상하게 적용

되지 않아 연속적으로 발동만 하고 있는데, 그것 또한 언제 그의 생명을 취할지 알 길이 없다.

그는 이러한 복잡한 문제를 풀기 위해서라도 이계의 마법을 배워야 한다. 하지만 그것을 가르쳐 줄 수 있는 로스부룩이 죽어 버렸기에, 이젠 제갈극만이 유일한 길이었다.

제갈극은 입술을 다시금 옆으로 틀더니 말했다.

"요구 조건을 끝도 없이 이어나갈 테냐?"

운정은 그의 말과 표정을 보고 제갈극은 로스부룩이 죽었다는 것을 모른다고 확신했다. 만약 그것을 알았다면 운정이 얼마나 다급한지 또한 알 것이고, 또 그 점을 집요하게 물고 늘어졌을 것이기 때문이다.

운정은 자신의 마음을 숨기면서 팔짱을 끼며 거만한 표정으로 말했다.

"다시는 전처럼 멍청하게 손해 보는 일이 없을 겁니다."

제갈극은 그를 위아래로 훑어보더니 말했다.

"하룻밤 사이에 성정이 완전히 달라졌군. 역혈지체를 이룩함으로 마성이 그 정신에 자리 잡은 것이 분명하구나."

"당신의 지력이라면 태극지혈을 연구하여 지팡이를 만드는 것과 역혈지체의 비밀에 대해서 알아내는 그 두 마리 토끼를 다 잡으실 수 있다 믿습니다. 그러니 제가 요구하는 것쯤은 아무것도 아닐 겁니다."

제갈극은 카이랄을 보았다. 카이랄은 언제부터인지 모르게 양손에 류검을 들고 있었다. 너무나 노골적으로 운정의 편을 들고 있었다.

모호도 없는 와중에 이 둘을 감당할 수 있을까?

제갈극은 결국 고개를 끄덕이며 말했다.

"좋다. 네 제안을 받아들이마."

전신에서 마기를 뿜어내던 운정의 몸에서 일순간 마기가 사라졌다. 그가 티 없이 맑은 웃음을 지어 보이자 당장에라도 끊어질 듯 했던 팽팽한 긴장감은 흔적도 없이 사라졌다.

운정은 당황한 카이랄과 제갈극을 번갈아 보며 말했다.

"그럼 그 마법을 씁시다. 서약하는 마법."

제갈극은 눈살을 찌푸리더니 말했다.

"언제 화산파 제자들이 들이닥칠지 모……."

운정은 그 말을 잘랐다.

"간단하게 언약으로 하면 금방입니다. 나는 태학공자가 마법지팡이와 역혈지체를 연구하는 데 성심성의를 다할 것. 태학공자는 내가 마법을 배우는 데 성심성의를 다할 것. 어떻습니까?"

제갈극은 눈초리를 좁히더니 말했다.

"성심성의의 정의가 너무 넓다."

운정이 말했다.

"모든 우선순위 중 최우선으로 둔다고 보면 되겠습니다."

"……."

"그럼 서약마법을 부탁드리겠습니다. 이미 한어로 한번 하셨으니, 금방 하실 수 있으리라 믿습니다."

제갈극은 잠시 뜸을 들였다.

확실히 운정의 말대로 서약마법을 한어로 하는 것은 크게 어렵지 않았다. 다만 최우선으로 둔다는 그 가혹한 조건으로 서약을 맺을 경우, 그것에 얼마나 얽매일지 알기 어렵다.

하지만 결국 같은 조건이다. '성심성의'의 의미와 조건이 아무리 가혹하다 할지라도 같은 단어로 표현되어 있는 한 운정에게도 동일한 의미와 조건이 적용된다. 즉 성심성의라는 말에 의해서 적어도 손해 볼 것은 없다.

제갈극은 눈을 감더니 곧 마법을 영창했다. 그가 시전하는 서약마법은 한어로 되어 있어, 운정도 그 서약의 내용을 똑똑히 들을 수 있었다.

제갈극은 운정에게 동의를 구했고, 운정은 살짝 미소를 짓더니 말했다.

"식언의 대가가 죽음이라니요. 저나 태학공자나 마법적으로 죽을 수 있는 몸이 아닌데, 죽음을 대가로 언약을 맺어 보았자 의미가 없습니다."

제갈극은 가늘게 눈을 뜨더니 작은 목소리로 말했다.

"그럼 무엇으로 대가를 지불할 테냐? 마법을 시전 중이니 짧게 말하거라."

운정은 제갈극이 가장 소중하게 생각하는 것을 말했다.

"지성으로 합시다."

"……."

"언약을 어기면 백치가 되는 겁니다."

제갈극은 살짝 고개를 끄덕이더니 마법을 완성했다.

[블러드팩(Bloodpack).]

운정은 만족한 미소를 짓더니, 제갈극에게 말했다.

"그러면 우선 절벽 속에 있는 태극지혈을 찾아 주시지요. 저는 그동안 이곳으로 오고 있는 매화검수들을 상대해야겠습니다."

"뭐?"

"저쪽에 있습니다."

운정이 손가락으로 가리키자, 카이랄과 제갈극이 고개를 돌렸다. 그쪽에선 검은 점들 수십 개가 나무 위로 튀어나왔다가 다시 오기를 반복하고 있었는데, 점점 그 크기가 커지고 있었다.

"어, 어떻게 저걸 보았……. 자, 잠깐. 뭐 하는 거지?"

운정은 막 바닥에 누워 있던 소청아를 안아 들더니, 그녀의 목덜미에 손가락을 올렸다. 그리고 진기를 불어 넣어 그녀를 깨우면서 동시에 마혈을 짚어 움직일 수 없게 만들었다.

그가 제갈극에게 말했다.

"태극지혈을 부탁드리겠습니다. 카이랄도 부탁해."

그가 막 경공을 펼치려 하자, 제갈극이 다급하게 불렀다.

"네게서 느껴지는 마기는 극마급. 백도로 말하면 절정급이 니라. 같은 절정급인 매화검수들을 어찌 상대하려고 하느냐?"

운정은 도약하기 직전 방긋 웃으며 말을 남겼다.

"그래서 소 소저를 데려가는 것이지요. 다시 말하지만 태극 지혈 부탁드립니다. 단순히 말로 얼마나 버틸 수 있을지 모르 겠습니다."

그의 신형이 하늘 높이 치솟기 직전, 그가 보여 준 미소는 선하기 그지없었다. 그것을 본 카이랄과 제갈극은 동시에 입 을 살짝 벌리더니, 곧 서로를 돌아보며 공감했다.

광기(狂氣).

운정은 그 둘을 뒤로하고 구름에 도달할 듯 높게 도약했다. 제운종의 현묘한 경공을 펼칠 수 없었기에 힘으로 치고 올라 간 것이다. 그는 문득 그를 바라보는 시선을 느껴 고개를 아 래로 돌렸다. 그곳에는 그의 품에 안긴 채로 그를 올려다보고 있는 소청아가 있었다.

그녀의 두 눈에는 말로 표현할 수 없는 두려움이 가득했다.

"어떻게 그런 미소를 지을 수 있으시죠?"

그녀의 질문에 운정이 말했다.

"흠, 마기의 영향이 있을 테니 내 미소가 악하게 보일 수 있을 수도 있겠어."

소청아는 고개를 흔들었다,

"아니에요. 전보다 더욱 선하고 더욱 맑은… 그런 미소였어요."

"그런데 왜 그리 두려워하는 거지?"

소청아는 떨리는 목소리로 말했다.

"그러니까 무서운 거예요. 지마급 마기를 지닌 자가 그런 표정이라니요. 그런 진한 마기를 두 눈에 담고……. 있을 수 없는 일이에요."

운정은 살짝 웃더니 시선을 앞으로 향하며 말했다.

"청아야."

부드러운 목소리였지만, 소청아는 마치 귀신의 소리라도 들은 듯 깜짝 놀라며 대답했다.

"에, 예?"

운정은 여전히 부드러운 목소리로 말을 이었다.

"넌 이석권 장로를 직접 목격했으니 알겠지, 진실을."

"……."

"그러니 이번에 네 사형제자매들을 만나서 우리의 말이 맞다는 것을 설명해 줘야 할 거야. 알겠지?"

"……."

"그 때문에 나와 린 매를 죽이려 했었어도 살려 두는 거니까."

"……."

"이해하지?"

소청아는 두려움에 몸서리쳤지만, 이내 마음을 강하게 먹고 입을 벌렸다.

'그럼 요상한 괴물을 시켜 녹 사형을 죽인 그년을 내가 비호할 것 같나요?'

아쉽게도 그 말은 그녀의 입 밖으로 나오지 못했다.

그녀는 마른침을 다시금 삼키더니 다시 입을 크게 벌렸다.

'그년은 잘근잘근 씹어 먹어도 모자라요!'

역시 그녀의 입에선 아무런 말도 나오지 않았다.

그녀는 이를 악물더니 눈을 질근 감고 다시 입을 벌려 말했다.

'기필코 죽일 거예요. 당신도 마찬가지로 죽일 거예요!'

이번에도 아무런 말이 나오지 않았다.

그새 아혈이 짚힌 것일까?

그럴 리가 없다.

그저.

그저 너무 두렵다.

꼭 감은 소청아의 두 눈에선 눈물이 찔끔 흘러나왔다.

탁.

주변 나무 중 가장 높게 솟아 있는 나무 꼭대기에 한 발로 착지한 운정은 그에게 다가오는 검은 점들을 보았다. 아니, 이제는 검은 점이 아니라 적당히 사람의 형태를 갖추고 있을 만큼 가까워졌다.

그들은 운정이 나무 위에 멈춰 있자, 서서히 대형을 이루기 시작했다. 부채꼴 모양으로 그를 둘러싼 매화검수은 각각 나무 꼭대기에 서서 그를 향해 매화검을 꺼내 들었다.

운정은 오른손 손날을 세워서 왼손으로 안아든 소청아의 목덜미에 두었다. 그 명백한 위협 행위를 본 모든 매화검수들의 표정에 분노가 떠올랐다.

운정이 내력을 담아 큰 목소리로 말했다.

"공격하지 않는다면 소 소저의 목숨이 위태로울 일은 없을 것입니다."

매화검수들은 그 말을 듣고는 서로를 돌아봤다. 그러나 서로 눈치만 볼 뿐, 아무도 나서서 말하는 이가 없었다. 그도 그럴 것이 이런 상황에 책임을 지고 나서서 말할 만한 사람들, 예컨대 정채린, 한근농, 소청아, 녹준연과 같은 인물은 더 이상 없었다.

그들 중 한 매화검수가 큰 헛기침을 하며 주변을 몇 번이고 둘러보더니 운정에게 말했다.

"어, 어떻게 그 동굴 속에서 빠, 빠져나온 것이냐?"

그 매화검수는 딱 보아도 어쩔 수 없이 나선 것이지, 원래 이렇게 나서기를 좋아하는 사람은 아닌 듯싶었다.

운정이 다시금 큰 소리로 외쳤다.

"우선 이름이 무엇입니까?"

그 매화검수는 허리를 곳곳이 피더니 말했다.

"이, 임시적으로 매화검수의 단주을 맡고 있는 석왕조라고 한다!"

그렇게 말한 석왕조는 다른 매화검수들의 눈치를 은근히 살폈다. 다들 긴박한 상황이라 별말을 안했지만, 석왕조가 단주이라고 하기엔 큰 무리가 있는지 몇몇이 좋지 못한 표정을 지었다.

운정은 이 상황을 이해는 했지만, 이를 바탕으로 어떻게 유리한 심계를 펼칠지까지는 알지 못했다. 다만 상황의 주도권을 챙기기 위해서 그저 빠르게 말했다.

"우선, 이계마법사가 이석권 장로를 죽이고 몸을 탈취했습니다."

매화검수들의 표정이 순간 매섭게 변했다.

석왕조는 믿기지 않는다는 듯 되물었다.

"뭐라고? 이석권 장로님이 죽었다고?"

"그의 시신은 무너진 동굴 안에 있습니다. 동굴이 무너지기 전에 이미 죽었습니다. 찾으려면 시간이 조금 걸리겠지만 충분히 찾으실 수 있을 겁니다."

석왕조는 크게 당황하더니 역시 주변의 매화검수들을 돌아봤다. 그런 그의 모습을 보다 못한 한 여제자가 나서서 말했다.

"기억하실지 모르겠습니다만, 전 매화검수 손소교라고 합니다. 이석권 장로님께서 어떻게 그 동굴 안에 계신다는 것이죠? 입구를 우리가 봉쇄했으니 그 이후에는 아무도 들어갈 수 없어요."

"공간마법을 써서 안으로 들어왔습니다. 그리고 나를 죽이려고 했습니다. 그래서 그를 죽일 수밖에 없었습니다."

"이석권 장로님께서 공간마법을 썼다고요?"

"다시 말하지만, 그는 이석권 장로가 아니라 그의 몸을 빼앗은 이계마법사였습니다."

손소교 역시 믿을 수 없다는 표정을 지었다. 그녀는 한쪽을 돌아보며 다른 한 여제자에게 전음을 보냈다. 그 여제자는 고개를 한번 끄덕이더니 곧 어느 한쪽으로 빠르게 경공을 펼쳐 사라졌다.

그 광경을 본 석왕조는 심각한 표정을 짓더니 손소교를 노려보았다. 그러나 손소교는 석왕조의 시선을 무시하며 다시 운정에게 말했다.

"그런 허무맹랑한 말을 믿으라는 건 아니겠지요! 당신이 동굴에서 빠져나왔으니, 분명 샛길이 있을 겁니다."

운정이 차분한 목소리로 말했다.

"보아하니, 방금 제자 한 명을 보내 이석권 장로의 신변을 확인하려는 것 같은데, 원한다면 그 제자가 돌아와 그의 소식을 가져올 때까지 기다려 줄 수 있습니다."

"좋습니다. 어디 당신의 말이 맞는지 보겠습니다."

손소교가 그렇게 말하자, 대화는 소강상태에 빠졌다. 그 동안 석왕조는 경공을 펼쳐 손소교에게 다가갔다. 그리고 몇 차례 말을 나누었는데, 그 언성이 조금 높아져 운정의 귀까지 들릴 지경이었다.

대강 들어 보니, 여제자를 보낸 손소교의 판단을 석왕조가 꾸짖는 것 같았다. 다 같이 공격해도 모자란데, 멋대로 한 명을 빼면 어떻게 하냐는 소리가 미약하게 들렸다.

그런 이야기를 전음을 놔두고 육성으로 하다니.

운정의 손에 억류된 소청아가 힘없이 중얼거렸다.

"이끌 만한 사람이 없으니, 대화산파의 매화검수도 무용지물이네요. 하기야, 명령만 충실하게 이행하고 그 외는 무공밖에 모르는 무공광들만 모아 놨으니, 그럴 만도 하지요. 내 생각하지 말고 그냥 다 같이 합공하면 그만인데."

운정은 소청아를 보지 않으며 말했다.

"앞으로 매화검수를 이끌 만한 사람이 소 소저가 유일하다는 것을 아는 것이지. 그래서 함부로 공격하지 못하는 것이고."

소청아는 순간 고개를 들고 운정을 보았다. 운정은 여전히 앞을 바라보고 있었다.

소청아가 말했다.

"그래서 제가 인질로 가치가 있다고 생각한 거죠?"

"소 소저 말대로, 무공에 미치지 않고서야 매화검수라는 자리에 오를 수 없을 테니 대부분 수동적인 사람들밖에 없겠지. 나 또한 그랬으니까. 게다가 한 달이 넘는 시간 동안 같이 지냈었잖아? 다들 명령에만 충실히 행할 뿐, 주도적인 사람은 거의 없었지. 때문에 매화검수들 중 막내인 소 소저가 동굴에서 매화검수들에게 명령을 내리며 피신시키는 것을 보고 확신했어. 더는 인물이 없다고."

"……"

소청아는 말없이 매화검수들을 보았다. 운정은 그런 그녀를 물끄러미 내려다보고는 말했다.

"자, 이제 저들에게 진실을 말할 마음이 들어?"

갑자기 그녀의 눈빛이 표독스러워졌다. 그녀는 고개를 들어 운정과 눈을 마주쳤지만, 아무런 말도 하지 않았다.

소청아는 마기를 전신에서 드러내는 운정이 너무나 낯설었다.

방금 말투는 그나마 전과 같았지만, 그래도 전엔 상상할 수 없는 날카로움이 그 눈빛 속에 있었다.

운정은 소청아의 굳게 닫힌 입술을 보곤 피식 웃었다. 그러곤 앞으로 고개를 돌려 매화검수들을 경계했다.

한 식경 정도 지나자 그 여제자가 돌아왔다. 그녀는 손소교에게 전음을 전하고는 원래 본인의 위치로 돌아가 섰다.

손소교가 뭐라 말하려고 하는데 석왕조가 먼저 큰 소리로 말했다.

"운 소협, 당신이 말한 대로 이석권 장로님은 화산파 어디에도 없으시다. 하지만 그렇다고 해서 이석권 장로께서 이계마법사에게 몸을 빼앗기고 또 그 폐쇄된 동굴로 공간마법을 통해 들어갔다는 말은 우리로서 믿기 어렵다."

운정이 말했다.

"나는 그저 자초지종을 설명했을 뿐입니다. 원한다면 제 말이 맞다는 것이 증명해 보이겠습니다. 린 매가 근농봉에 가면 진실을 알 수 있다 했으니, 다 같이 가면 될 것입니다. 제 말이 맞다는 것이 확인되면, 소 소저의 신변을 그대로 양도해 드리는 것은 물론 이대로 화산에서 물러나도록 하겠습니다."

석왕조는 고개를 한번 흔들더니 분노에 찬 목소리로 말했다.

"동굴 안에서 녹 사형이 죽었다! 네 말이 맞을 리도 없겠지만 맞다 해도 녹 사형을 죽인 죄는 사라지지 않는다."

"제가 죽인 것이 아닙니다."

"배신자와 한 패거리이지 않느냐? 너를 사로잡아서 심문하여 형제의 핏값을 물을 것이다."

배신자란 정채린을 말하는 듯했다. 미소 띤 운정의 눈이 조금 더 기울어져, 엎어진 초승달처럼 변했다. 그 사이로 진한 마기를 뿜어내며 그가 말했다.

"애초에 먼저 죽이려고 칼을 뽑아 든 것은 매화검수 아닙니까? 그 상황에서 가만히 죽었어야 한다는 말입니까?"

석왕조는 고개를 천천히 흔들면서 말했다.

"전에는 어찌 우리를 속였는지 모르지만, 네 눈에서 뿜어지는 마기만 봐도 네가 마교의 첩자임이 분명하다는 것을 알 수 있다. 그러니 네 말을 더 들을 것도 없지! 근농봉에 진실이 있다? 분명 함정이 있겠지. 하! 그런 얄팍한 수작질에 넘어갈 것 같으냐?"

당장에라도 공격할 기세로 그가 크게 떠들자, 운정은 슬쩍 뒤를 보았다.

제갈극은 어디 있는지 보이지 않았고, 카이랄은 태극지혈을 들고 그에게 오고 있었다. 공간마법을 통해서 태극지혈을 빼낸 것이다.

검은 구체는 카이랄의 위를 따라가며 그를 위해 그림자를 만들어 주었다. 그는 최대한 빠르게 달리려고 했지만, 전처럼 숲의 축복을 받지 못해 꽤나 고생하며 원시림 속을 헤쳐 오고 있었다.

태극지혈이 빼올 시간은 충분히 벌었다.

이젠 선택의 시간이다.

운정은 부드럽고 또 나지막한 목소리로 소청아에게 조용히 말했다.

"마지막이야. 이계마법사인지 이석권 장로인지 모를 그자는 네가 살아 있다는 것을 알고는 너를 살인멸구하려 했지. 그러니 잘 생각해. 네가 본 그대로 진실을 매화검수들에게 말한다면 아무도 피를 흘릴 이유가 없어."

소청아는 깊은 숨을 한번 들이마시고 내쉬더니 마음에 정한 것을 말했다.

"제가 할 말은 없어요. 운정 도사님, 아니, 운 소협의 뜻대로 모든 것이 흘러가게 두지 않을 거예요. 절 죽이시려거든 죽이세요. 화산의 제자인 저는 화산을 배신한 배신자와 뜻을 함께할 수 없어요."

그렇게 말한 뒤 그녀는 두 눈을 감았다.

운정은 말없이 소청아를 내려다보았다.

곧 그의 한쪽 입꼬리가 올라갔다.

그가 음산한 목소리로 말했다.

"소 소저는 마치 화산에 절대 충성하며, 그를 위해선 생명에 연연하지 않는 듯 말했지만 실상은 그렇지 않아. 소 소저가 아니면 이번 일의 진상을 밝혀 줄 사람이 없고 또 린 매도소 소저를 아끼니까 내가 소 소저를 죽이지 못하리라 생각하는 거지. 또 내가 누구를 죽이지 못하는 성정임을 아는 것도 있고. 그래서 이런 추한 위선을 떠는 거야."

"흥! 당신은 정말 끝까… 커억, 컥."

소청아는 목이 조여져 말을 끝까지 마치지 못했다. 운정이 손을 들어 소청아의 멱살을 틀어쥐었기 때문이다. 그 광경에 매화검수들은 검날을 그에게 세우고 내력을 끌어 올리며 투지를 불태웠다.

운정은 그녀의 귓가에 얼굴을 느릿하게 가져갔다. 그러곤 숨을 쉬지 못해 시뻘게진 그 귀에 대고 나지막한 목소리로 중얼거렸다.

"내가 마지막이라고 할 땐, 마지막인 거야."

그는 손날을 뻗어 소청아의 목을 그대로 그어 버렸다.

피슉—!

반쯤 잘린 소청아의 목에서 선혈이 뿜어져 나와 운정의 온몸을 적셨다.

"……"

"……."

"……."

그 광경을 보는 모든 이는 그 자리에 굳어 버렸다.

가장 먼저 움직인 것은 운정. 그는 소청아를 아래로 던져 버리듯 손을 뻗으며 카이랄에게 말했다.

"태극지혈! 던져!"

퍼뜩 정신을 차린 카이랄은 태극지혈을 운정을 향해 힘껏 던졌다. 그것이 날아가 운정의 손에 잡힐 때까지, 카이랄의 눈동자는 태극지혈을 향해 있지 않았다. 볼품없이 추락하고 있는 소청아를 따라가고 있었다.

운정은 태극지혈 하나를 오른손에 잡았다. 그리고 갑작스레 쏟아지는 리기를 만끽했다. 스무 명이 넘어가는 절정고수에게 가공할 투기와 살기를 받으면서도 그는 두 눈을 편안하게 감으며 미소를 지었다. 피로 얼룩진 그 미소는 마치 어린아이의 그것만큼이나 순수했다.

광분한 석왕조가 하늘이 떠나가라 괴성을 질러 댔다.

"소, 소 사매! 소 사매애애애애! 저, 저 개자식이! 어서! 모두! 저자에게 검강을 날려! 저 개 같은 자식을 처죽이라고오오오!"

그 말을 들은 손소교는 그제야 이성을 되찾고는 큰 소리로 말했다.

"아, 안 돼요! 합격진으로 상대해야 해요. 내, 내력을 낭비하지……."

하지만 그녀의 말은 완전히 묻혀 버렸다. 눈앞에서 소청아가 죽는 것을 목격한 매화검수들이 한마음으로 분노했기 때문이다. 그들은 제각각 알고 있는 최고의 검공으로 운정을 향해 검강을 내뿜었다.

그때 태극지혈을 통해 가공할 리기를 모은 운정이 눈을 떴다. 마기로 불타오르는 그의 두 눈은 자신을 향해 날아오는 수십의 검강을 보더니 반달처럼 변했다.

"아하! 저 석왕조라는 자도 소 소저의 연인 중 하나로군! 그래서 처음에, 아무도 함부로 공격하지 못하게 나서서 제지한 거야, 큭큭큭. 재밌네."

그는 태극지혈을 위로 높이 들었다. 그리고 가공할 마기를 태극지혈에 담아 검강을 만들어 하늘 위로 폭발시켰다. 검강은 실질적인 운동량을 동반하기에, 그의 몸은 엄청난 반발력을 느꼈고, 그로 인해서 활시위에서 떠난 화살처럼 땅으로 튕겨지듯 추락했다.

파사삿! 사삿!

그가 서 있던 나무 꼭대기에 섬뜩한 검강이 서로를 베며 지나갔다. 하지만 운정은 이미 검강의 반발력으로 인해 땅 아래로 급히 떨어지고 있었다.

쿵!

엄청난 속력으로 착지한 운정 주변의 땅이 쩌억 갈라졌다. 그의 온몸을 휘감는 마기가 없었다면, 그도 절대 온전히 서 있을 수 없었을 것이다.

그는 무심코 옆에 아무렇게나 널브러져 있는 소청아의 시신을 보곤, 흥미롭다는 미소를 지었다. 마치 어린아이가 장난감을 발견한 것 같았다.

"운정! 공간마법을 위해서는 시간을 더 끌어야 한다."

카이랄의 말에 운정이 고개를 돌려 그를 보았다. 카이랄은 멀리 있는 매화검수들을 경계하고 있었다.

운정이 물었다.

"제갈극은?"

"태양의 직사광선을 피해 네가 나왔던 그 굴 안에 있다. 거기서 공간마법을 준비하고 있어."

"흐음, 그렇군."

운정은 천천히 소청아의 시신으로 다가가 그녀를 등에 들쳐 멨다.

카이랄이 말했다.

"왜 그러지? 그 여인을 들고 있으면 움직이기 불편하다."

운정은 방긋 웃더니 대답했다.

"이 정도는 상관없어. 그나저나 제갈극이 공간마법을 준비

하는 대로 떠나는 것이 좋을 듯하니, 우선 그에게로 가자. 검강을 쏜 매화검수는 대부분 탈진했겠지만, 아직 추격이 가능한 자들이 있을 수 있어."

카이랄은 운정이 왜 소청아의 시신을 들었는지 알 수 없었지만, 일단은 생각을 접고 움직였다. 운정도 즉시 그를 따라나섰다.

"허억. 허억. 허억."

"하아. 하아."

대부분의 매화검수들은 상당히 지친 기색으로 숨을 몰아쉬었다. 몇몇은 나뭇가지 위에 서 있는 것조차 힘들었는지, 땅으로 내려갔다. 모두 절정고수밖에 되지 않으니 검강을 한 줄기만 뽑아내더라도 몸에 큰 무리가 오는 것이 당연했다. 좀더 냉정하게 합격진을 펼쳤거나 했으면 결코 없었을 일이었다.

그나마 손소교의 말을 듣고 가까스로 생각을 바꾼 매화검수는 단둘. 그들도 소청아와 인연이 적지 않았다면 검강을 뽑어냈을 것이다.

그 셋은 그나마 상태가 나쁘지 않았다. 하지만 숫자가 너무 적었다. 하늘에 이르는 마기를 뽑어내는 걸 보면, 운정은 천마급이다. 세 명의 절정고수로 막을 수 있는 존재가 절대 아니었다.

손소교는 참담한 표정으로 다른 매화검수들을 살펴보다가,

멀리서 경공을 펼쳐 다가오는 두 인물을 볼 수 있었다.

한 명은 수향차였고, 다른 이 또한 그녀와 같은 배분의 남제자였다.

손소교는 피골이 상접한 그들의 모습에 나지막하게 물었다.

"설마 개화련을 깨고 나오신 겁니까?"

회오리 사건 때, 이석권을 제외한 모든 일대제자와 매화검수를 제외한 거의 모든 이대제자가 죽었었다. 수향차를 포함한 몇몇은 아예 싸움에 개입을 안 해 살아남게 되었으니, 하나같이 죄책감을 감당하기 어려워 너 나 할 것 없이 개화련에 들었었다.

수향차는 절벽 쪽으로 움직이는 마기를 보며 말했다.

"방금 하늘을 뒤덮는 마기를 느꼈어. 천마급 마인이 분명하다 생각해서 나오지 않을 수 없었지."

남제자도 말했다.

"이번에 또다시 장례를 치를 생각은 없다. 내가 가장 선봉을 서지."

손소교는 그들이 무슨 말을 하는지 알 것 같았다. 무엇이 이유가 되었든 회오리 사건 때에 제때 나타나지 않아 수많은 동문들의 장례를 치렀던 만큼, 이번에는 즉시 반응한 것이다.

또 다른 곳에서 마지막 이대제자가 나타났다. 그는 그나마 안색이 괜찮았는데, 수향차와 남제자보다 더 늦게 개화련에 들어 음식을 멀리한 시일이 그리 길지 않았기 때문이다.

그가 말했다.

"선봉은 내가 서마. 그나마 내가 상태가 괜찮으니. 그런데 이석권 장로님은?"

아무도 말이 없자 손소교가 적당히 둘러댔다.

"확인해 보았는데, 일단 자리에 계시진 않는 것 같습니다. 하늘에 이르는 마기가 화산 전역으로 퍼졌음에도 아직까지 나타나지 않은 것으로 보면 화산에 계시지 않는 듯합니다만."

그 제자는 얼굴을 일그러뜨리고는 말했다.

"설마 이번에도 오지 않으셨다는 말인가? 이석권 장로님은 전에도 부재(不在)하셔서 살아남으신 것 아닌가? 그런데 어찌 이번에도?"

수향차는 분위기가 싸해지기 전에 그 말을 막았다.

"우리 셋 모두 전에 동문들과 함께하지 않아 살아남았어요. 그러니 우리에겐 장로님을 비난할 수 있는 자격이 없어요. 반드시 오실 겁니다. 우선 우리가 마인을 상대해야 해요."

그 제자는 혀를 차며 고개를 돌려 버렸다.

과연 운정이 한 말과 그가 소청아를 죽인 일을 전해야 할까? 손소교는 다른 두 명의 매화검수들과 시선을 교환했다. 둘 중 한 명은 고개를 살짝 끄덕였고, 둘 중 하나는 고개를 흔들었다. 결국 결정은 그녀가 내려야 했다.

손소교는 수향차가 소청아를 각별히 생각한다는 것을 기억하고는 말하지 않기로 결정했다. 안 그대로 그런 것에 동요해서 매화검수들이 다 어이없게 탈진했는데, 수향차까지 그렇게 되선 답이 없다.

손소교 말했다.

"우선 장로님이 오시기 전까지 마인의 발을 묶어야 합니다. 혹 세 분 중 매화검진을 펼칠 수 있는 분이 계십니까?"

그 셋은 매화검수가 아니기에 자유롭게 자신의 출신봉(出身峰)에 맞춰 화산파의 무공을 익힌다. 그렇기에 매화검수의 합격기인 매화검진을 익히지 않았을 수 있다.

다행히도 수향차와 그녀와 함께 왔던 남제자가 손을 들었다. 손소교는 가슴을 쓸어내리며 말했다.

"둘이면, 저희 세 명과 해서 어찌 숫자는 맞춰졌군요. 그럼 다섯이서 매화검진을 펼치고……"

손소교는 차마 뒷말을 꺼낼 수 없었다. 매화검진을 모르는 제자는 그녀의 말을 눈치껏 알아듣고는 말을 이었다.

"혹시 모를 수법이 있을 수 있으니, 내가 방패가 되어 주마. 앞으로 치고 나갈 테니 뒤에서 매화검진으로 따라와라."

그는 대답도 듣지 않고 빠르게 경공을 펼쳐 나갔다. 수향차와 다른 남제자는 짧게 고민했지만 곧 그를 뒤따랐다. 손소교 또한 따라 움직이려는데, 남은 매화검수 둘 중 하나가 그녀에게 전음으로 물었다.

[손 사저. 사숙(師叔)들과 사고(師姑)에게 운 소협과 소 사매의 소식을 전하지 않는 것이 좋은 일일까요? 어차피 싸우게 되면 얼굴을 확인할 텐데, 의문을 품지 않겠습니까?]

손소교는 경공을 펼쳤고, 다른 둘도 그녀를 따라 경공을 펼쳤다. 바람을 헤쳐 나가며 그 말에 대답하려는 데 또 다른 전음이 들려왔다.

[회복하는 대로 합류하마. 화산 안이니 빠르게 일주천만 돌려도 그럭저럭 될 것이다.]

한쪽에서 막 가부좌를 틀고 앉은 석왕조의 전음이었다. 손소교는 순간 속이 부글 끓는 것을 느꼈지만, 가까스로 참아내고는 그녀에게 처음 전음을 보낸 매화검수에게 전음으로 대답했다.

[석 사형이 분노로 일을 망치는 것을 직접 보고도 그런 말을 해? 숨기는 것이 나아. 일단 마인이 된 운 소협을 제압하는 데 집중하자. 자초지종은 그 이후에 알려 주어도 돼.]

[알겠습니다, 사저.]

그렇게 여섯 화산파 제자들은 경공을 펼쳐 운정과 카이랄을 쫓았다.

그들이 빠르게 경공을 펼치는 것을 본 운정은 아예 카이랄을 남은 어깨 하나에 들쳐 메고는 달려 나가기 시작했다. 경공이라고 볼 수도 없는 투박한 발걸음이었는데, 그 힘이 어찌나 센지 지면을 푹푹 박아 대며 앞으로 치달렸다.

매화검수들은 운정이 절벽 한쪽 면으로 쏙 들어가는 것을 보았다. 곧 그 절벽 아래에 다다른 그들은 운정이 남긴 발자국을 찾았는데 한 매화검수가 절벽 중간쯤을 가리키며 말했다.

"저쪽에 구멍이 있습니다. 저곳으로 들어간 듯싶습니다."

손소교는 눈초리를 좁혀 그 구멍을 보더니 말했다.

"사람 하나가 겨우 들어갈 만한 구멍이군. 저런 공간에선 매화검진이고 뭐고 소용없겠어."

여섯 제자는 서로를 바라보았지만, 별다른 수가 나오지 않았다. 절정급에 불과한 그들이 검진도 없이 천마급 마인을 상대할 순 없었기 때문이다. 게다가 협소한 공간에선 패도적인 마공을 상대로 더더욱 어려웠다.

침묵이 오가는 와중에 선두를 섰던 남제자가 결심한 듯 말했다.

"천마급 마인이라고 할지라도, 이곳은 화산이다. 화산의 정기가 가득한 곳이니, 충분한 내력을 공급받을 수 있어. 마기에도 어느 정도 저항할 수 있고. 그 무식한 힘이 문제겠지만, 나는 유검을 익혔으니, 꽤 시간을 끌 수 있다."

수향차가 그 남제자에게 말했다.

"아 사형. 그냥 저대로 생매장을 시켜 버리죠. 안 그래도 이 암벽은 지반이 약해 방금 전에도 조금 함몰했었잖아요? 이런 곳으로 그가 숨어든 것은 오히려 우리에게 천운이에요. 매화검수들이 회복되기를 기다렸다가, 다 같이 힘을 합쳐 절벽 아래를 검기로 깎아낸다면, 분명 무너뜨릴 수 있을 겁니다."

그 말을 듣자 매화검수 두 명이 손소교의 눈치를 보았다. 지금이라도 사정을 말하는 것이 좋지 않을까 하는 염려 때문이었다.

아무리 무공 수위가 비슷하여 동급인 이대제자라고 하나 배분이라는 것이 있다. 손소교와 두 매화검수가 어리디어린 제자였을 때도 절정이었던 그들에게 자초지종을 설명하지 않는 건 큰 결례가 될 수 있었다.

손소교는 작게 고개를 흔들고는 말했다.

"그럼 그 마인이 나오지 못하도록 입구 주변을 경계하다가 매화검수들이 오기를 기다리는 것이 어떻습니까, 수 사고?"

수향차는 두 남제자들을 보았고, 아 사형이라 불렸던 남제자가 말했다.

"그러면 그냥 입구를 검강으로 막아 버리는 것이 좋겠어. 검강을 뽑아낸 자는 탈진할 테니, 휴식을 취한 매화검수들이 오면 그때 하자고."

수향차가 빠르게 말을 이었다.

"그 전에 마인이 튀어나올 수 있으니, 우선 경계하도록 하죠."

모두가 고개를 끄덕이자, 그들인 신속하게 입구 쪽으로 경공을 펼쳤다. 화산의 험한 산세에 충분히 적응한 그들에겐 암벽을 타오르는 것 정도는 일도 아니었다. 그들은 입구를 중심으로 육각형을 그리는 형태로 경계를 섰다.

그때였다.

가공할 마기가 동굴 안에서 밖으로 폭발되어 하늘 위로 솟구쳐 올랐다. 그리고 그 마기 속에서 투박한 발걸음의 운정이 신형을 드러냈다. 그는 입구 끝에 서서 주변을 보았는데, 위아래 할 것 없이 쏟아지는 여섯 개의 검을 느끼곤 전신에서 마기를 폭발시켰다.

쿠—궁!

반탄지기를 뛰어넘는 호신강기!

운정의 전신에서 뿜어진 강기는 매화검수들을 물론이고 그들이 있었던 동굴 입구 주변의 암석까지 폭발되었다. 호신강기를 확인하자마자 현묘한 보법을 펼친 매화검수들은 한낱 자욱한 흙먼지로 변한 입구를 보며 식은땀을 흘렸다.

조금만 늦게 보법을 펼쳤다면, 그들의 육신도 그 흙먼지처럼 되었으리라.

흙먼지는 곧 바람에 사라지고, 완전히 무너져 버린 입구가 들어났다. 여섯 제자는 다시 육방을 잡았다.

수향차가 말했다.

"호신강기를 펼쳤으니, 천마라고 할지라도 거의 모든 내력을 썼을 거예요."

손소교는 반박했다.

"마인들은 마공으로 내력을 증폭시켜 우리로서는 상상할 수 없는 양을 얻을 수 있습니다. 어떤 마공을 익혔느냐에 따라 다르겠지만, 아직 호신강기를 몇 번 더 쓸 수 있다고 가정하는 것이 좋습니다."

수향차는 고개를 작게 끄덕이며 말했다.

"흐음, 그러니? 하긴 그런 건 네가 더 잘 알겠지."

"스스로 입구를 무너뜨렸으니, 아마 빠져나갈 수 있는 다른 길이 있을 수 있습니다. 마침 오는군요."

막 경공을 펼쳐서 열댓 명의 매화검수들이 도착했다. 손소교는 그들에게 흩어져서 다른 입구를 찾아보라고 명령했고, 그 계획의 동의한 모든 매화검수들은 일사분란하게 움직였다.

손소교는 조금 여유를 되찾자 절벽 아래로 내려와 깊은 숨을 내쉬었다. 그러면서 지금까지 그들을 이끈 정채린이 얼마나 어려운 일을 하고 있었는지 새삼스레 깨닫게 되었다. 그리고 또 그 생각은 그녀가 왜 배신을 했을까 하는 것으로 이어졌고, 또 그것은······.

"소교야."

손소교가 고개를 드니, 그녀의 옆엔 수향차가 있었다. 손소교는 설마 하는 생각이 들었지만 곧 얼굴을 굳히고 말했다.

"네."

수향차는 복잡한 표정으로 말했다.

"마인의 얼굴을 잘 보진 못했지만, 내가 아는 사람인 것 같아서 그러는데 혹시 운정 도사가 맞니?"

손소교는 더 이상 부정할 수 없었다. 그녀는 참담한 심정으로 대답했다.

"네 맞아요, 수 사고. 설명해 드릴게요."

이후 설명을 들은 수향차는 체면을 따질 것 없이 허물어지듯 주저앉아 울음을 터뜨렸다. 그것은 분노와 슬픔 섞인 눈물이었다.

第二十八章

제갈극의 실험실로 돌아온 셋은 극도의 안도감을 느꼈다.

　동굴이라고 하기에도 민망한 작은 굴의 입구를 막아 버리곤 언제 생매장당할지 모르는 상황 속에 공간마법에 의지하여 탈출하는 그 모험은 언데드가 된 이계의 다크엘프에게도, 뱀파이어가 된 중원의 술사에게도, 역혈지체가 된 무당의 도사에게도 긴장되는 일이 아닐 수 없었기 때문이다.

　운정은 자리에 주저앉더니 양팔을 기둥 삼아 뒤로 기대며 천장을 올려다보았다.

　"하아, 힘드네."

제갈극은 관자놀이를 부여잡으며 씹어 내뱉듯 말했다.

"저 쓰레기를 들고 오지만 않았어도 반각은 더 빨리 탈출했을 것이니라. 세 명에 맞춰서 공간마법을 시전하고 있는데, 갑자기 저런 걸 들고 오다니, 무식한 놈."

운정은 방긋 웃으며 제갈극이 쓰레기라 칭한 것을 보았다. 소청아의 시신은 핏물이 거의 모두 빠져나가 창백하기 그지없었다.

운정이 말했다.

"그 대신 그 때문에 필요해진 반각도 제가 시간을 끌었잖습니까? 제가 욕심을 부렸지만, 그만큼 제가 책임을 졌으니 너무 뭐라 하지 마십시오."

제갈극은 고개를 도리도리 흔들더니, 방 한쪽으로 걸어가며 말했다.

"무식하게 호신강기를 펼쳐서 입구를 막아 버리다니. 그랬다가 무너져 내리면 어떻게 하려고 했느냐? 참나. 마성이 머리에 자리 잡더니 정말 미쳤다고밖에 볼 수 없느니라."

운정은 아직도 몸을 뒤덮고 있는 은은한 불쾌감에 어깨를 한번 들썩이며 말했다.

"제대로 된 마공을 익히기 전까지 이 불쾌감은 사라지지 않을 것 같습니다. 계속해서 답답함이 몰려오니 조금 충동적으로 되는 감이 없지 않아 있군요."

"날이 밝았으니, 교주를 뵙고 당장 입교해야 하느니라. 내 알기론 본 교에는 무당파의 정공에 맞는 마공이 있는 걸로 알고 있으니, 그거라도 익혀서 마성을 제어하지 않으면 언제 마기에 젖어 이성을 잃어버릴지 모른다. 카이랄, 필요한가?"

그때까지 침묵하던 카이랄이 고개를 들어 제갈극을 보았다. 그는 반쯤 피가 남아 있는 유리병을 들고 있었다.

"주면 고맙지."

제갈극은 그것을 한 모금 마시더니 카이랄에게 넌지시 던졌다.

카이랄은 포물선을 그리고 날아간 유리병을 잡고는 벌컥벌컥 마셨다.

제갈극은 지근거렸던 두통이 가시는 것을 느꼈다. 짜증이 가득했던 그의 표정이 조금은 편안하게 변했다.

그가 운정에게 말했다.

"본 교의 역사는 일천 년이니라. 마기에 관한 공부로는 중원 제일이지. 마성은 단순히 미치는 광기와 분명한 차이가 있느니라. 정제되고 다룰 수 있어. 그러니 오늘 당장에라도 마공을 익히라는 말은 그냥 하는 말이 아니다. 본래 마공은 사람을 짐승으로 만들지. 짐승이 아니라 마인이 되려면 더 늦기 전에 본 교의 것을 익혀야 하느니라."

운정은 귀찮다는 듯 손을 내저었다.

"알았습니다. 알았어요. 꼭 사부님같이 잔소리는. 아직 마법을 가르쳐 주지 않았으니 정식 사부도 아니잖습니까? 안 그래도 이 불쾌감을 없애 버리기 위해서 오늘 당장 익힐 겁니다."

제갈극은 고개를 몇 차례 끄덕이더니, 손가락을 튕겼다. 그러니, 그의 그림자에서 모호가 스멀스멀 올라왔다.

"가서 교주께 기별하거라. 곧 찾아뵙겠다고."

"존명."

모호는 포권을 취하더니 곧 그림자로 다시 사라졌다.

제갈극은 카이랄과 운정을 돌아보며 말을 이었다.

"그럼 정리해 보지. 나는 운 소협에게 마법을 가르쳐 주어야 하고, 카이랄에게는 리인카네이션(Reincarnation) 스펠을 알려 줘야 하느니라. 그리고 그 대가로 운 소협은 마법지팡이와 역혈지체의 연구를 도와줘야 한다. 맞느냐?"

그 말을 들은 카이랄이 제갈극에게 말했다.

"가능하다면, 나 또한 입교하고 싶다."

제갈극이 되물었다.

"입교?"

카이랄은 운정을 바라보더니 말했다.

"어차피 내겐 갈 곳이 없다. 어디에 속할지 내가 정할 수 있어. 어차피 네게 리인카네이션 스펠을 배우는 동안은 이곳에 머물러야 하니, 운정이 있는 이곳에 정착하고자 한다."

제갈극은 눈을 가늘게 뜨고 그를 보다가 말했다.

"언데드가 되었지만 엘프의 습성이 그대로 남아 있군. 어딘가에 기대지 않으면 존재할 수 없는 것이냐? 운정이 네 새로운 어머니가 될 수 있다고 믿느냐?"

카이랄이 태연하게 대답했다.

"아버지다."

"뭐? 엘프에게 무슨 아버지?"

"다크엘프에겐 남성족이 있다. 모르나 보군."

제갈극은 그 말을 듣고 균류를 떠올렸다. 아마 무성생식과 비슷하지 않을까 하는 생각이 들었다.

머리를 흔들며 잡생각을 떨친 제갈극이 말했다.

"어찌 되었든, 이제 독립적인 몸과 마음을 얻었으니 어디에도 속하지 않고 네 마음대로 이 세상을 누릴 수 있지 않느냐?"

"내 마음대로 이곳에 남겠다는 것이다. 그것이 엘프의 습성이기 때문이라는 말은 맞는 듯하지만, 내 마음이 여기에 남고 싶으니 남겠다는 것은 확실하다. 만약 불가능하면 어쩔 수 없다."

제갈극이 뭐라 하려는데 운정이 먼저 말을 빼앗았다.

"천마신교는 입교에 있어 그 출신을 묻지 않아. 천하제일고

수인 심검마선도, 천마신교 교주 무공마제도 그리 말했었지. 그 원칙대로라면 이계인이고 요괴이고 상관없어."

제갈극은 입을 다물었다. 카이랄은 고개를 끄덕이며 말했다.

"그렇다면 나도 입교하지."

제갈극은 카이랄과 운정을 몇 차례 번갈아 보다가 곧 나지막하게 말했다.

"그 결정을 하는 건 교주이니라. 그러니 일단 같이 알현해 보도록 하겠다."

운정은 가부좌를 틀며 말했다.

"그럼 나는 잠깐 내 내부를 살펴봐야겠습니다. 미안하지만 저기 있는 태극지혈을 줄 수 있습니까?"

운정이 가리킨 곳에는 태극지혈 한 자루가 놓여 있었다.

그것은 두 번째 태극지혈이 아니라 제갈극이 처음 가져간 것으로, 그가 뱀파이어의 몸으로 기문둔갑을 사용하기 위해서 양기의 길을 뚫었던 데 썼던 태극지혈이었다.

제갈극은 걸어가서 그것을 잡아 운정에게 주었다.

"내가 연구를 위해 필요로 할 때는 꼭 내주어야 한다."

운정은 그의 앞에 선 제갈극을 올려다보며 방긋 웃었다.

"물론입니다. 그럼, 소식이 오면 제 몸을 만져서 알려 주십시오."

운정은 대뜸 눈을 감았다. 그리고 오른손으로는 한 태극지혈을 정향(貞向)으로 그리고 왼손으로는 다른 태극지혈을 역수(逆手)로 들고 그 쌍검을 통해 스며드는 리기(離氣)와 감기(坎氣)를 느껴 보았다.

양손에서부터 천천히 스며든 두 기운은 태극마심신공의 인도로 인해 심장에서 서로를 만났다.

그리고 그곳에서 태극을 그리며 조화를 이루었는데, 신묘하게도 강렬한 마기를 띠기 시작했다.

그리고 그 기운은 심장에 모여든 핏물에 녹아들었는데, 그로 인해 핏물은 더욱 세차게 역방향으로 흘렀다.

쿵. 쿵.

심장은 정맥으로 피를 보내고 동맥으로 피를 받았다.

모든 신체기관에 엄청난 부담이 가고 있었지만, 선인의 육신은 그것을 잘 감당하고 있었다.

운정은 그것이 바로 그가 항시 느끼고 있는 불쾌감의 원천임을 깨달았다.

바르게 돌아야 할 피가 역으로 돌고 있으니, 불쾌감 정도에서 끝나는 게 사실 기적이다.

운정은 태극의 조화로 인해서 마음이 서서히 고요해지는 것을 느꼈다.

그의 핏물 속에 녹아든 마기는 분명 전보다 진해졌지만, 마음은 오히려 편안해지는 것을 느꼈다.

이는 다시 말하면 이성을 유지하기 어렵고 충동적으로 변한 것은 마기의 영향 때문이 아니라 음양의 조화가 깨졌기 때문이라는 것이다.

다시 말하자면, 전에는 태극지혈 한 자루로 리기만 흡수했기에, 마성이 미쳐 날뛰었던 것이다.

사실 마공이 마공이라 불리는 이유는 바로 태극의 불균형 때문이다.

급하게 모으고 급하게 쓰다 보니 조화가 불안정해지고 그로 인해 음양의 균형이 쉽사리 깨져 이성이 극심하게 소모되며 본능을 이길 수 없게 되는 것이다.

음양의 조화만 잘 갖출 수 있다면 마공이라고 할지라도 마성에 젖는 일은 거의 없을 것이다.

물론 마공이라고 할 만큼 극적인 효과는 기대할 수 없겠지만.

운정은 그것이 혹 천마신교 마공의 비결이 아닌가 했다.

음양의 조화를 깨뜨려서 극단적인 효과를 누리는 마공에 음양의 조화를 다시 회복할 수 있는 창의적인 안전장치들을 개발하여 마성을 다스리는 것.

그것이 아니라면 사실 다른 방법으로 마기를 다룰 수는 없을 듯했다.

운정은 이제 단전에 내려가 보았다. 그곳은 여전히 텅 비어
있었다.

무궁건공선공은 끊임없이 주변에서 건기와 곤기를 흡수하
려 했지만, 그것이 조금이라도 만들어지면 어디론가 완전히
사라져 버렸다.

태극마심신공의 본래 오의는 다른 무당파의 정통내공으로
모은 정기를 가지고 마기의 겉을 싸매 정방향으로 흐르는 척
하는 것이다.

그러니 내력이 전혀 없는 운정의 몸에선 날것의 마기가 그
대로 드러난다.

무궁건공선공으로 건기와 곤기를 쌓을 수 없는 지금은 마
공화된 무당파의 외공들을 익히는 것이 그가 할 수 있는 최선
이다.

툭. 툭툭.

외부에서 누군가 건드는 것을 느낀 운정은 의식을 위로 끌
어 올렸다.

그가 눈을 뜨자, 그의 앞에는 제갈극과 카이랄이 서 있었
다.

제갈극이 말했다.

"교주에게 소식이 왔다. 오라고 하느니라."

운정은 가부좌에서 일어났다.

"얼마나 지났습니까?"

제갈극은 실험실 밖으로 걸음을 걸으며 대답했다.

"정오다."

운정은 태극지혈을 내려놓고 제갈극을 따라 나섰다.

셋은 곧 제갈극의 실험실에서 나왔다.

제갈극의 거처인 지고전(知高殿)에서 빠져나온 그들은 한적한 길을 걸었는데, 하늘 높이 뜬 검은 구체가 제갈극과 카이랄을 따라 그림자를 만들어 주고 있었다.

이리저리 길을 걷는 동안 꽤 많은 수의 마인들을 만났다.

그들은 검은 구체와 카이랄 그리고 운정을 보고는 상당히 의문스럽다는 듯 쳐다보았지만, 이내 그 앞에서 걷는 제갈극을 보고 호기심을 거뒀다.

태학공자라면 검은 구체나 이계의 요괴나 무당의 도사뿐만 아니라 신화에 나오는 용을 끌고 다녀도 이상할 게 없는 사람이기 때문이다.

그들은 곧 교주전에 도착했다.

그곳은 한눈에 보아도 일반적으로 교주를 알현하는 곳이 아닌 교주가 일상을 보내는 생활공간임을 알 수 있었다.

운정은 교주가 그곳으로 그들을 초대한 것을 보고 제갈극과 보통 사이가 아니라 짐작했다.

안으로 들어선 그들은 문 하나를 남겨두고 조금 기다렸다.

안에 이미 손님이 있다며, 한 호법이 알려 왔기 때문이다.

그렇게 조금 시간이 지나자, 방문이 열리며 익숙한 두 얼굴이 밖으로 나왔다.

머혼과 로스부룩이었다.

혈적현은 웃는 얼굴로 직접 문을 열어 주며 그들을 배웅했다.

그들은 교주에게 인사하고는 기다리던 세 명을 보며 한 명씩 인사했다.

제갈극은 무심한 듯 인사했다.

카이랄은 다행이라는 듯 인사했다.

운정은 놀라 인사하지 못했다.

그 셋을 빠르게 훑어본 머혼의 두 눈은 운정에게 잠시 머물렀다가 이내 곧 앞을 향했다.

뚜벅뚜벅.

운정은 멀어지는 그 두 명, 정확하게는 로스부룩의 등 뒤에서 시선을 떼지 못했다.

혈적현은 그런 그를 보더니 말했다.

"운 소협, 그리고 보니 저들과는 잘 아는 사이지 않소? 그리데면데면하게 되었는지는 몰랐소."

운정은 급히 고개를 돌려 혈적현을 보며 적당히 둘러댔다.

"아마도… 천마신교에 입교한다는 입장을 전해 듣고 실망한 듯합니다. 그들은 저와 개인적인 거래를 할 수 있으리라 기대했던 것 같습니다."

"그렇소? 흐음."

"……."

혈적현은 제갈극에게 눈짓했고, 제갈극은 혈적현을 마주보며 뭔가 있다는 눈짓을 보냈다.

혈적현은 일단 고개를 끄덕이며 열린 문을 잡은 채로 말을 이었다.

"자, 그럼 들어오시오. 두 분 다 입교를 신청하겠다 하니, 어찌 된 일인지 직접 대화해 보고 싶소."

그들은 혈적현의 안내를 받아 교주가 기거하는 방 안으로 들어섰다.

방 안은 수수했지만, 그렇다고 저급하다는 느낌은 들지 않았다. 아니, 오히려 수수함에서 풍기는 기품이 물 잔 하나하나에서조차 느껴졌다.

혈적현이 상석에 앉자, 제갈극이 왼쪽에, 그리고 운정과 카이랄이 오른쪽에 앉았다.

혈적현이 뒤를 슬쩍 보자, 호법 중 하나가 차를 대령했다.

시비가 아니라 살벌한 천마신교의 고수, 그것도 교주의 호법이 내어준 차는 왠지 모르게 색과 냄새가 탁한 것 같았다. 그 셋은 모두 손을 대지 않았다.

혈적현이 운정과 제갈극을 번갈아 보며 말했다.

"운 소협을 보니 과연 은은한 마기가 느껴지는군. 이틀 동안 쥐죽은 듯 아무런 소식이 없었던 이유가 이 때문이었나? 설마 태학공자에게도 무슨 일이 일어났지 않았을까 염려되었어."

제갈극이 말했다.

"그러고 보니 어제는 말도 없이 교무회의에 참석지 않았군. 그건 미안하게 생각하느니라. 장로들이 의문을 품었을 텐데?"

혈적현은 등받이에 몸을 기대며 자세를 편하게 했다.

"덕분에 장로들에게 모두 실토하게 되었지. 심검마선과 부교주의 실종까지. 태학공자까지 부재하니 다들 내 말을 듣지 않으면 물러가지 않을 기세였다."

"그러면 교주로서 네 입지가 위태로워질 텐데? 본 교에는 심검마선이 아니라면 널 교주로 인정하지 않을 무리가 차고도 넘쳐."

혈적현은 제갈극을 빤히 보더니 찻잔을 들어 차를 한 모금 마셨다.

"손님이 있는 자리에서 못 하는 소리가 없군. 네가 말한 대로 확실히 마법을 익힌 후에 실수가 잦아졌어."

"……"

"우선 오늘은 이 두 분의 입교에 대해서 논하도록 해 보지. 운 소협부터 시작하겠소?"

운정이 입을 열어 말했다.

"검선의 태극마심신공을 익히게 되어 정신에 마성이 자리잡게 되었습니다. 원래 그가 의도했던 형식이 아니어서 피가 거꾸로 도는 역혈지체를 이루게 되었습니다. 때문에 천마신교의 도움을 받고자 합니다."

혈적현은 제갈극을 보며 말했다.

"그럼 운 소협이 역혈지체가 된 건 네 연구 결과가 아니었나? 나는 네가 연구에 성공하여 나를 보자고 한 줄 알았는데?"

제갈극은 팔짱을 끼더니 말했다.

"연구는 이제부터 시작할 것이니라. 다만 그 전에 역혈지체의 실마리를 찾았고 또 그것을 위해선 운 소협이 입교하여 본 교의 마공을 익혀야 하기 때문에 교주를 보자고 한 것이니라."

"하긴 무당의 도사나 이계의 요괴의 입교 심사 정도면 내가 직접 관여할 만한 것이지."

"연구 진행과 더불어서 그들을 교인으로 받는 것이 어떤가 한다."

혈적현은 제갈극을 지그시 보았다.

평소 그의 행적이라면, 납치, 감금, 고문 등 수단과 방법을 가리지 않고 이미 연구에 착수했을 것이다.

이런 정상적인 방법은 오히려 제갈극이기에 더욱 이상한 것이었다.

혈적현은 나중에 묻기로 하고 뒤에 선 호법에게 말했다.

"호법. 외총부 대장로의 전속부관(專屬副官)을 불러라. 외부 인사에 관한 건 그들의 의견을 듣는 것이 좋겠지."

호법 중 한 명이 굳은 표정으로 입술을 달싹였다.

혈적현은 자리에서 일어나서 방 한쪽으로 걸어갔다.

그리고 그는 한쪽에 놓여 있는 책자 몇 개를 들고 다시 상석에 자리했다. 그는 운정 앞에 그 책자들을 놓았다.

운정은 그 책자에 써져 있는 제목을 무심코 읽었다.

"혜쌍검마록(慧雙劍魔錄)?"

혈적현이 설명했다.

"몇십 년 전, 본 교에 무당의 장로 한 명이 입교한 적이 있소. 현재 운 소협이 가져온 태극지혈은 본래 그가 가져와 부교주에게 준 것이지. 내가 알기론 그는 어떤 일로 인해 주화입마에 빠졌고 생명을 부지하기 위해서 입교 후 마단으로 역혈지체를 이루었소. 이후 장로의 위치까지 올라 본 교를 위해 수고한 뒤 일선에서 완전히 은퇴한 그는 무당의 외공을 역혈지체에 맞게끔 연구했소, 자신의 심득을 담아서. 그는 딱히 자기 유산에 이름을 붙이지 않았기에 그의 글을 모은 누군가가 혜쌍검마록이라 명명했소. 죽기 전엔 그것이 부끄러워졌는지 모르지."

"⋯⋯."

"그 안에는 무당파의 정공을 익힌 자가 역혈지체를 이루었을 때, 어떤 방식으로 마기를 다루어야 무당파의 외공들을 온전히 펼칠 수 있는지가 담겨 있소. 호기심에 앞 장을 읽어 보았는데, 무당파의 외공이 패도적인 성격으로 변하는 것을 제외하면 그 위력에 있어서는 오히려 앞선다고 적혀 있었소. 물론 그의 상상일 수 있지만."

운정은 자기도 모르게 그것을 향해 손을 뻗었다.

제갈극은 그런 그를 향해 나지막한 목소리로 말했다.

"입교 전엔 열람할 수 없느니라."

운정은 그 말에 손을 멈췄다. 그리고 그제야 자기가 마공을 향해서 손을 뻗었다는 사실을 인지할 수 있었다.

그는 이젠 그가 사부님의 가르침에 반하여 무공을 익히는 데 어떠한 거리낌이 없는 것을 자각했다. 한번 선을 넘으니 너무도 쉬워진 것이다.

운정이 두 눈을 살포시 감자, 혈적현은 카이랄에게로 시선을 던졌다.

"요괴 중에서도 흑요로 알고 있는데⋯⋯. 당신은 어째서 천마신교에 입교하려고 하는 것이오?"

카이랄은 유창한 한어로 대답했다.

"일족에게 추방되고 더 이상 갈 곳이 없다. 그나마 인연이 있는 운정과 함께하려는 것이다."

"본 교의 입장에선 당신이 이계의 첩자라 의심이 들지 않을 수 없소."

"그렇다면 나를 받지 않으면 그만이다. 나는 운정과 다르게 천마신교에 입교하는 것을 희망할 뿐, 필요로 하진 않는다. 태학공자에게 마법을 배우는 건 굳이 입교하지 않아도 할 수 있는 일이니까."

혈적현이 의문을 담은 표정으로 제갈극을 보았고, 제갈극은 대답했다.

"복잡한 일이 있었느니라."

혈적현은 제갈극을 지그시 바라보며 턱을 한 번 쓸더니, 곧 탁 하고 상석의 팔걸이를 치며 운정에게 말했다.

"일단 입교는 허락하겠소."

간단한 대답에 운정이 되물었다.

"정말입니까?"

혈적현이 말했다.

"태학공자가 이렇게 직접 데려온 것을 보면 그대들이 입교하는 데 문제가 없다고 보는 것이지. 그가 불손한 자를 입교

시키려 하지는 않을 테니, 그의 눈을 믿고 입교는 진작 허락하려 했소. 그래서 그 심득도 준비한 것이고. 외총부에 연락을 취한 것은 그대들의 거처를 정하려 하는 것일 뿐이오."

운정은 혈적현에게 포권을 취했다.

"입교를 허락해 주셔서 감사합니다."

카이랄은 어색했지만, 운정을 따라서 포권을 취했다.

그런 그들을 본 혈적현은 팔짱을 끼더니 말했다.

"그럼 더 이상 손님이 아니니 말을 놓지. 운 소협은 언제까지고 운 소협이라고 부르기 어려우니 별호가 있었으면 하는데? 혹 아직 쓰이는 별호가 있나?"

운정은 고개를 흔들며 공손히 말했다.

"출도한 지 이제 몇 달이 지났을 뿐입니다."

"흐음, 그럼 주 소저가 올 때까지 별호나 생각해 볼까? 하는 김에 옆에 있는 흑요의 별호도 말이야."

갑자기 가벼워진 대화는 점차 유치해지더니 뒤에 서 있는 천살성 호법조차 표정 관리가 안 될 만큼 저속해졌다.

얼마나 시간이 지났을 까? 누군가 방문을 열었다.

"아니지. 무당 출신이란 것이 드러나야 한다니까? 별호란 건 그 사람의 특징에 대해서 간략히 말하는 거야. 운 소협의 가장 큰 특징이 뭐야? 바로 무당 출신이… 그, 근데 다들 어딜 보는 거지? 아, 주 소저 왔어?"

주하는 한심하다는 눈길로 혈적현을 보더니 방 안에 앉아 있는 자들을 차례대로 둘러보고는 말했다.

"교주께서 친히 저를 부르신 이유가 혹 새로운 별호를 논하기 위해서라면 저는 돌아가 보도록 하겠습니다. 대장로님의 부재로 인해서 결정 사항이 너무나 많아 이런 저속한 놀이에 함께할 여유가 없습니다."

혈적현은 민망한 표정을 짓더니, 손짓으로 제갈극 옆자리를 가리키며 말했다.

"그, 그건 아니야. 이, 일단은 앉아. 여기 새롭게 입교한 두 명의 거처를 정해 보기 위해서 외총부의 의견을 들어 보려고 부른 것이니."

주하는 운정과 카이랄을 노려보더니 곧 제갈극 옆에 앉았다. 그녀는 상황을 빠르게 판단하고 혈적현에게 물었다.

"무당의 도사와 이계의 흑요. 맞습니까?"

"맞다."

"출신이 출신인지라 중요직을 맡기긴 어려울 것 같습니다. 첩자일 가능성이 다분하니 말입니다. 본 교의 정보가 제한된 자리에서 본 교를 향한 충성을 증명할 수 있는 그런 자리가 가장 알맞으리라 사료됩니다. 이후 충성이 증명되면 그때 가서 타 마인들과 마찬가지로 실력에 따라 요직을 맡으면 될 것입니다."

"그렇다면 외총부에서 보기엔 그들이 어느 곳에 속하는 것이 좋을 듯하지?"

주하는 손가락을 움직이며 짧게 고민하더니 곧 답을 내놓았다.

"낙양지부 때를 기억하십니까? 그 당시 서화능 지부장은 요주 인물들에게 제한된 정보와 고된 임무를 주었습니다. 당시 낙양지부에 속한 인물들 다수는 실력과 충성심을 증명하지 못한다면 전혀 쓸모가 없었으니 말입니다. 그 방식을 채택하면 될 듯합니다."

"그 뜻은?"

"새로운 부대를 만들어서, 그들로 하여금 독자적인 임무를 수행하게 하여 그들의 본의를 보면 될 것입니다. 있으면 편하고, 없어도 좋을 그런 부대를 말입니다."

주하는 운정과 카이랄 앞에서 대놓고 그들을 도구처럼 활용하겠다고 선포했다.

그 이유는 그들이 그 말을 듣고 입교하지 않는다 해서 천마신교에서 잃을 것이 없기 때문이기도 했고, 또 그들이 혹시나 불순한 의도를 가지고 입교를 희망할지 모르기 때문이다.

혈적현은 고개를 몇 차례 끄덕인 뒤, 운정과 카이랄에게 물었다.

"이에 둘의 생각은 어떻지?"

운정은 카이랄을 돌아보았고, 카이랄도 운정을 보았다.

카이랄은 운정에게 결정을 맡기겠다는 눈짓을 보내왔고, 이내 운정이 대표로 말했다.

"사실 갑자기 저희가 천마신교에 진심을 다해 충성하겠다고 하는 것도 우스운 일일 것입니다. 천마신교에서 마공과 숙식을 제공받는 대신 천마신교의 명령에 따르는… 일종의 거래쯤으로 생각하는 것이 저희도 편할 것입니다."

혈적현이 손을 모으며 말했다.

"좋다. 그러면 그들이 들어갈 새로운 부대를 창설하고 외총부 대장로의 직속으로 두지."

주하가 포권을 취했다.

"존명."

"그럼 그들의 별호를 다시 지어 볼까? 이왕 짓는 김에 새로운 부대의 이름도 지어 봐야겠어."

그 말이 끝나는 즉시 주하가 말했다.

"어차피 별호란 위치가 올라가면서 달라지는 것입니다. 방 안에 모여서 억지로 만든 별호쯤이야 일 년 가면 오래가는 거니, 아무렇게나 지어도 될 겁니다. 개인적으로 무당파 출신인 걸 보니, 태극마선이 좋을 듯합니다."

태극마선(太極魔仙).

이 정도면 심검마선도 한 수 접어 줘야 할 정도다.

무공마제나 태학공자 정도는 감히 들이밀 수도 없는 거창하기 짝이 없는 별호.

혈적현과 제갈극의 표정이 조금 굳었지만, 운정은 그것이 쏙 마음에 들었는지 환해진 표정으로 말했다.

"오! 좋습니다. 태극마선이라니. 저에 대해서 정말 잘 표현하는 별호인 듯합니다. 작명 솜씨가 좋으시니, 제 친우도 부탁드리겠습니다, 주 소저."

주하가 날카롭게 일렀다.

"이제 전 엄연히 상관이니 주 소저라 부르지 마세요. 주 부관이라 하십쇼."

운정은 맑게 미소를 지으며 다시 말했다.

"아, 좋습니다, 주 부관. 제가 실수했군요."

그렇게 말하는 운정을 보다가 주하는 자기도 모르게 눈길을 돌렸다. 안 그랬다가는 그의 옥면에 마음이 어지러운 것이 드러날까 걱정되었기 때문이다.

지금이라도 태극마옥(太極魔玉)이 좋지 않을까?

주하는 고개를 살짝 흔들며 잡생각을 떨쳐 냈다.

그녀가 카이랄을 보더니 말했다.

"눈빛이 특이하십니다. 연보랏빛 눈동자에 붉은 기운이 감싸고 있으니, 혈광자안(血光紫眼)이 좋을 듯합니다."

카이랄은 마음에 내키지는 않았지만, 크게 별호에 신경 쓰지 않으니, 그냥 묵묵히 고개를 끄덕이는 것으로 동의했다.

혈적현이 말했다.

"그럼 새로운 부대의 이름은?"

주하가 막 고민하려는데, 운정이 먼저 대답했다.

"고지회(高知會)가 좋을 듯합니다. 제게 특별한 의미가 있는 것이니, 어울리지 않아도 그리해 주신다면 감사하겠습니다."

제갈극은 살짝 입을 벌렸지만, 곧 다물었다.

주하는 괴이치 않는다는 듯 말했다.

"회(會)는 맞지 않는 듯합니다만… 실질적으로 이 부대를 이끄실 분은 운 회주이시니, 운 회주께서 이름을 정하는 게 좋을 것 같습니다."

혈적현도 이에 동의하며 말했다.

"자, 그럼 간단한 입교 절차를 진행하고 곧장 역혈지체에 대해서 연구하도록 하지."

"존명."

"조, 존명."

"…존명."

그들의 대답은 처참하게 어긋나 있었다.

주하가 혈적현에게 말했다.

"보아하니 추천으로 들어오는 것 같습니다만, 맞습니까?"

제갈극은 고개를 끄덕이며 말했다.

"그렇다. 본좌의 제의를 받은 것이니 입교식은 하지 않아도 되느니라. 애초에 시대에 뒤처진 것이니 철폐되어야 하지만."

혈적현이 말을 이었다,

"게다가 여기 운 소협, 아니, 태극마선에겐 동문이 없다. 무당파의 마지막 제자지. 성립되지도 않아."

운정은 그 말을 듣고는 의문이 들어 말했다.

"입교식이 무엇이기 그렇습니까?"

주하가 설명했다.

"입교는 누구나 할 수 있습니다. 하지만 본 교에서 먼저 제의하여 입교하는 것이 아니라 스스로 입교를 희망한다면 입교식으로 충성심을 증명해 내야 합니다. 자기 사문의 절정고수나 성에 별호가 알려진 인물을 죽이는 것으로 말입니다."

"……."

운정은 입을 살포시 벌렸다.

사실 지금까지 천마신교에서 흑도 느낌을 크게 받지 못했다.

그나마 느낄 수 있는 건 마인들에게서 느껴지는 진득한 마기뿐. 그것도 단지 그들이 익히는 무공의 특성이라고 생각하면 백도와 크게 다를 건 없었다.

하지만 그 말을 들으니 천마신교가 과연 흑도라는 느낌을 받았다.

　단순히 입교를 하기 위해선 사람을 죽여야 한다니? 이젠 삼류 소설에서조차 쓰지 않을 법한 전통을 아직도 가지고 있을 줄이야.

　운정이 아무런 말을 하지 않자, 혈적현이 이어서 말했다.

　"백도 출신이니 조금 생소할 수 있겠어. 본 교는 엄연히 흑도. 그것도 천마신교이다. 약육강식을 모태로 가진 강자지존의 율법은 본 교 제일의 절대율법이지. 나처럼 단시간 내에도 실력만 있다면 교주가 될 수 있고, 실력이 없다면 언제까지고 한 부대의 대원으로 살아야 하지."

　운정은 이해가 가질 않는다는 듯 말했다.

　"그럼 천마신교에는 정말로 동문도 없고 배분도 없고 항렬도 없단 말입니까? 그럼 무리를 이루는 짐승과 다를 게 뭡니까?"

　혈적현은 크게 웃어 버렸고, 주하는 귀엽다는 듯 운정을 보았다. 아무런 표정을 짓지 않은 제갈극이 그에게 말했다.

　"나도 제갈가에서 넘어와 적응하기 어려웠느니라. 배워 먹지도 못한 산적들도 안 할 파락호 짓을 버젓이 하는데도, 그것으로 또 천 년의 세월을 살아남았고, 수많은 교도를 유지하고 있는 곳이 바로 천마신교다. 재밌지 않느냐?"

　운정의 표정은 혼란이 가득했다.

그는 묻지 않을 수 없었다.

"그럼 단순히 힘으로 스승과 제자도 뒤바뀔 텐데, 사제지간은 어찌 유지되는 겁니까?"

혈적현이 말했다.

"본 교에는 정식으로 스승과 제자가 없다. 있어도 그 둘 사이에 개인적으로 있는 것뿐이지. 그도 시간이 지나면 연이 옅어지게 마련이다."

"그럼 마공을 어찌 배웁니까? 아니, 누구에게 배웁니까?"

"본 교를 위해 일하다 보면 봉급과 마공을 지급한다. 그것을 통해서 스스로 익히는 경우가 대다수고 다른 마인들과 서로의 심득을 교환하거나 무공을 서로 가르쳐 주며 점차 익혀 나가는 경우도 흔하다."

운정은 눈살을 찌푸렸다.

"서로의 본신내력을 나눈다는 말입니까?"

"발전을 위해선 어쩔 수 없지. 마공이라는 것이 홀로 파고들면 들수록 마성에 젖기 쉬워지게 마련이니. 본 교에는 서로 아무렇지도 않게 자신의 것을 나누는 문화가 있다. 외부 인사들이 가장 적응하지 못하는 것 중에 하나지."

"……."

주하는 그 말을 듣고 작은 미소를 지었다.

운정이 또다시 말을 하지 않자, 이번에는 주하가 말을 이었다.

"운 소협, 아니 태극마선은 무당파의 무공을 타 마인과 나눌 의사가 있습니까?"

운정은 고개를 돌릴 수밖에 없었다.

"아무래도 그럴 수는 없을 것 같습니다."

주하는 그럴 줄 알았다는 듯 희미한 미소를 머금은 채 말했다.

"그것을 아무렇지도 않게 내놓을 수 있게 되었을 때, 태극마선은 진정한 교인이 되는 것입니다."

"과연 그럴 날이 올까 염려스럽군요. 혹 제가 얻은 심득까지 모두 천마신교에 내놓아야 합니까?"

주하는 고개를 혼들었다.

"작금에 와선 그런 것을 강요하는 마인은 없습니다. 심득이라는 것은 힘으로 빼앗을 수 있는 것이 아니기 때문입니다. 과거에는 상관들이 부하들에게 심득을 갈취하려는 경우가 많았습니다만, 앙금을 품고 조금만 무공구결을 바꾸거나, 방법을 하나만 잘못 알려 줘도 마성에 젖게 되는 일이 허다합니다. 특히 마공은 더더욱 그렇죠. 어차피 사람은 결국 노년에 가서 허무함을 느끼고 스스로의 것을 내놓게 마련입니다. 그렇지 않습니까?"

운정의 눈길이 바닥을 향했다.

사부님의 유지를 이으려고 하면서도 그것을 정면으로 부정해 왔던 지금까지의 모순적인 행보. 무당파를 다시금 설립한다 하면서도 무당파의 순수한 가르침을 포기했던 그의 진의는 과연 무엇일까?

그의 눈길이 문득 혜쌍검마록에 향했다.

혜쌍검마는 무슨 까닭에서 이런 기록을 남겼을까? 무당을 배신하고 천마신교에 투신하여 마교의 장로로 살며 무엇을 느꼈기에, 이렇게 흔적을 남겼단 말인가? 이후 천마신교도 투신할 무당의 제자들을 위해서 길을 남겼다는 건가? 천마신교 내에서 자신의 마공을 확실히 정립하여 후대에 물려주는 것, 그것이 과연 내가 정말로 원하는 길일까?

운정은 손을 뻗어 혜쌍검마록을 집었다. 그리고 그것을 대강 훑어보기 시작했다.

혈적현과 주하 그리고 제갈극은 그런 그를 기다려 주었다.

채 일각이 되기 전 마지막 장까지 빠르게 읽어 나간 운정은 혜쌍검마의 심득에 감탄하지 않을 수 없었다.

한 장 한 장마다 입이 절로 벌어지는 창의적인 방법이 서술되어 있었다.

평범한 사람이 아닌 천재가, 하루 이틀이 아닌 수십 년을, 단순한 깨달음이 아닌 피땀 흘려 고뇌함을 적어 내려간 것이 분명했다.

그의 방법대로만 하면 정말 역혈지체의 몸을 입고도 무당파의 무공을 펼치는 데 무리가 없을 듯했다.

다만 아쉬운 점은 무당파의 기본무공에 한한다는 점이었다.

상승무공에 대한 것은 몇 차례 언급만 있을 뿐, 적혀 있지 않았다.

그는 혈적현과 주하를 번갈아 보며 물었다.

"혜쌍검마록은 그 끝이 미완성인 듯 보였습니다만, 혹 그의 심득이 담긴 책자가 더 있습니까?"

주하가 운정으로 보며 대답했다.

"그렇습니다. 다만 그 의외의 것은 심득이라고 하긴 어려운 명상록에 가깝습니다. 원로원에서도 그것이 너무 중구난방이고 자기모순점도 많다는 분석 결과를 내놓았었습니다. 아마 그도 스스로 십이성 대성하지 않은 무당의 상승무공은 마공화하기 어려웠을 겁니다. 아마 입신이 아니고서야 불가능할 것입니다."

운정이 말했다.

"그래도 열람해 보고 싶습니다만."

주하는 단호하게 말했다.

"저희가 기본적으로 드릴 수 있는 건 방금 혜쌍검마록까집니다. 앞으로 임무를 수행하면서 그 대가로 요구하시면 그가 기록한 모든 것을 열람하실 수 있을 겁니다."

"······."

주하는 주변을 둘러보며 말을 이었다.

"태학공자님의 연구와 함께 본 교의 임무를 병행하기 어렵다면, 우선 연구가 끝난 뒤에 정식으로 임무를 부여하도록 하겠습니다."

제갈극은 고개를 몇 번이나 돌리며 말했다.

"언제 끝날 수 있을지 알 수 없는 종류의 것이니라. 년 단위가 될 수도 있어. 그러니 임무를 수행하는 도중 간간히 연구를 하면 될 듯하다. 게다가 내 연구에 가장 필요한 것은 태극지혈이니 그에게 임무를 위해 몇 달간 부재한다 해서 연구가 크게 뒤처지지는 않을 것이다."

주하는 조금 고민하더니 말했다.

"그렇다면, 흐음······. 현 상황에 외총부의 일은 대부분 타세력과의 마찰입니다. 북동쪽으로는 청룡궁과 신진백도세력, 그리고 남쪽으로 혈교, 그리고 안쪽으로는 백도가 있습니다. 그중 다수의 일은 본 교의 인물들을 사용하기 어려우니 외부 인사이자 그 출신이 특이한 태극마선과 혈광자안을 사용할까 합니다."

"아하, 본 교의 이름을 걸고 하기 어려운 귀찮은 일을 맡기려는 것이로군."

"그 점이 그들을 활용하기도 좋고 또 충성심도 확인하기 좋습니다."

주하는 차분히 말했지만, 그 말은 사실 운정과 카이랄에게 잔인하기 그지없는 말이었다.

하지만 운정도 그런 부분을 인정하는 것이, 천마신교의 입장에서 그 둘의 충성심을 의심할 수밖에 없다.

어차피 그들도 천마신교에 완전히 투신할 생각은 아니니, 임무를 적당히 수행하면서 마공을 제공받으면 그만이다.

운정이 볼 때 거침없이 속내를 드러내는 주하의 화법은 과연 혹도다웠다.

백도라면 이런 노골적인 대화를 하더라도 그 위에 최소한의 격식이라도 얹었을 것이다.

하지만 주하는 뼈대 그대로를 툭툭 던졌다.

운정은 고개를 살짝 숙이며 말했다.

"이젠 말씀을 놓으십시오, 주 부관."

주하는 차갑게 말했다.

"상관이 말을 놓지 않는 건 외총부의 대장로이신 심검마선으로부터 생겨난 외총부의 문화입니다. 적당한 임무가 있으면 다시 찾아뵙겠습니다. 내부의 거처는 우선 지고전으로 알고 있겠습니다. 그럼."

"자, 잠깐! 왜 본좌의 거처에 이들을……."

주하는 제갈극의 말을 듣지도 않고 자리에서 일어나며 혈적현을 보았다.

혈적현이 눈짓으로 인사하니, 주하는 포권을 한번 취해 보이고는 방 밖으로 나갔다.

제갈극의 얼굴이 붉으락푸르락하더니, 그 둘을 보고 말했다.

"귀찮은 혹들이 생겨 버렸어! 쯧!"

혈적현은 양손을 펼쳐 보이며 말했다.

"자업자득이지. 네가 스스로 벌인 일이니, 네가 책임지는 것이 맞다, 제갈극."

"안다, 알아. 으이구."

제갈극은 자리에서 벌떡 일어났다. 그러더니 주하를 따라 나섰다. 운정은 그와 혈적현 사이에서 눈치를 보고 있었는데, 혈적현이 그에게 말했다.

"혹 더 할 이야기가 있나?"

혈적현은 의문이 담긴 표정으로 운정을 보았는데, 운정은 그런 그를 마주 보며 화산의 일을 떠올리지 않을 수 없었다.

그는 나지막하게 말했다.

"이제 보니 백도에는 소인배가 가득하고, 흑도에 대인배가 많은 듯합니다."

혈적현은 피식 웃더니 말했다.

"소인배나 대인배는 어디든 있지. 흑백을 떠나서 말이야."

*   *   *

이후 교주 방을 나온 운정과 카이랄은 제갈극의 거처인 지고전에 거하면서 간간히 그의 연구를 도움과 동시에 스스로의 공부를 더해 나갔다.

운정은 혜쌍검마록을 통해서 자신의 몸에 알맞은 형식의 마공을 새로이 창시했는데, 이는 그가 역혈지체를 이룩한 그 근본이 혜쌍검마와는 조금 달랐기 때문이다.

운정의 몸은 태극마심신공에 의해서 피가 거꾸로 돌고 있으나 육신 자체는 그 역류하는 혈류에 적응한 역혈지체가 아니라 단지 선인의 몸이기에 버티고 있는 것뿐이다.

다시 말하면 마단의 효과로 역류하는 혈류에 맞게 몸이 변형된 것이 아니라, 태극마심신공의 효과로 피만 역류하고 있는 셈이다.

그의 몸을 몇 번이고 살핀 제갈극은 그 신기한 현상에 주목했다.

그리고 피가 역류한다 해도 육신이 그것을 버텨 낼 수만 있다면 마단에 의한 역혈지체와 같은 효과를 볼 수 있다는 것을 발견했다.

운정과 혜쌍검마의 심득 차이를 연구하면 다른 정통마공들도 변형시켜 그 신기한 몸에 적용할 수 있을 듯했다.

또한 그는 역류하는 피를 버틸 수 있을 만한 육신을 잘 알고 있었다.

뱀파이어(Vampire).

그는 실험을 위해서 카이랄에게 마공을 익힐 것을 권유했고, 그는 받아들였다.

염려스러웠던 운정은 그것을 말렸지만, 카이랄은 동일하게 그가 제갈극에게 마법을 배우는 것을 반대했다. 그들은 결국 같은 마음이었던 것이다.

이후 그들은 서로의 위험에 대해서 별말을 하지 않았다.

그렇게 며칠이 흘렀다.

운정은 한쪽에 마련된 수련실에서 가부좌를 틀고 앉아, 혜쌍검마의 심득을 재해석하고 스스로 만든 마공을 마무리하고 있었다.

하지만 그의 마음 한구석에는 정채린을 납치한 고바넨의 마지막 모습이 자꾸만 그의 집중을 흐렸다.

"갈(喝)."

몇 번째인지 모를 읊조림을 내뱉은 운정은 다시 집중에 들어갔다.

하지만 그의 머릿속에 떠오르는 고바넨은 양손을 정채린의 가슴에 넣고, 그것을⋯⋯.

"후우⋯⋯."

운정은 결국 두 눈을 떴다.

선공을 익힐 때는 모든 욕구가 희미해지며 마음이 편안해지는데, 마공은 오히려 역으로 모든 욕구가 강해지며 마음이 불편해진다.

집중하면 집중할수록 그의 정신을 조금이라도 갉아먹기 위해 이런저런 망상들이 떠오르니, 운정은 혀를 내두를 수밖에 없었다.

"마의 공부는 정말 고되구나. 한순간도 정신 줄을 놓으면 안 되니."

어찌 됐든 고바녠은 제갈극에게 복수하기 위해서 운정이 필요하고 또 그에게 알아서 찾아온다 했으니, 그때까지 정채린에게 이상한 짓은 하지 않을 것이다.

가만히 기다리다 보면 고바녠을 만날 것이니, 여기서 걱정하고 조급해한다 해서 달라지는 것은 없다.

그는 다시금 숨을 가다듬고 최대한 머리를 비우며 가부좌를 틀었다.

그리고 혜쌍검마의 심득으로 자신이 새로이 창안한 무당파의 무공 구결들을 하나하나 점검하며 모든 것을 되뇌었을 때, 그는 눈을 떴다.

쩩. 쩩. 쩩.

새가 우는 것을 보니 해가 뜬 모양이다.

운정은 지고전 중앙에 있는 마당으로 나왔다.

동쪽에서 쏟아지는 햇볕이 보여 주는 푸른 식물들과 맑은 연못은 아름답기 그지없었다.

하지만 그는 그런 것에 전혀 관심이 없었다. 태극마심신공을 운용하여 심장의 마기를 끌어올린 그는 두 다리에 보내며 경공을 펼쳤다.

탓. 탓. 탓.

땅을 밟고, 풀잎을 밟고, 나뭇가지를 밟고, 전각을 밟고… 그의 몸은 하늘 높이 치솟았다.

운정은 그가 지나온 곳을 내려다보며 그의 경공이 어찌 펼쳐졌나 확인했는데, 그가 머릿속으로 그린 그 경로가 그대로 보였다.

그는 미소 지으며 혼잣말했다.

"완벽한 제운종이군. 좋아."

위로 치솟던 점차 느려지고 곧 몸이 공중에 멈추자, 그는 운보(雲步)를 펼쳐 보았다.

그것은 제운종의 마지막 초식으로, 마치 땅을 걷듯 공중을 거니는 경공의 최고 경지, 허공답보(虛空踏步)와 동일한 것이었다.

그의 두 다리가 마치 걸음을 걷듯 움직였다.

그의 몸만 본다면 마치 그대로 걸어 나갈 것처럼 보였고, 실제로 그의 몸은 그가 걷는 방향으로 움직이기까지 했다.

하지만 그의 몸은 중력의 영향을 그대로 받으며 추락하기 시작했다.

운정은 땅이 가까워지는 것을 보곤 곧 걸음을 걷는 듯한 자세를 풀고 착지자세를 취했다.

탁.

땅에 내려온 그는 고개를 끄덕였다.

그가 중력을 이기지 못한 것은 다른 것이 문제가 아니라 그저 내력의 량이 절대적으로 부족했기 때문이다.

이는 즉 그의 마공 자체에는 문제가 없다는 말. 태극지혈 두 자루를 쥐고 있다면 얼마든지 펼치는 것이 가능할 것이다.

"뜻대로 된 것 같지 않은데, 표정을 보니 뭔가 풀리긴 풀렸나 보군?"

운정이 목소리가 들린 쪽을 보니, 한쪽 기둥에 기대어 있는 카이랄이 있었다.

그는 다행히 기둥의 그림자 쪽에 서 있었는데, 조금만 앞으로 나오면 직사광선에 그대로 노출될 상황이었다.

운정이 심각한 목소리로 말했다.

"조심해. 육신의 한 부분이라도 직사광선을 받으면 온몸이 재가 되어 버린다며?"

카이랄은 피식 웃더니 말했다.

"걱정 마라. 일족을 향해 복수하기 전까진 소멸할 일 없다. 너야말로 그냥 머리에서 이론적으로 만든 마공을 바로 몸으로 펼치고 있나? 그러다 마성에 젖으면 어쩌려고?"

"그야……."

"됐다, 가자. 태학공자가 부른다."

운정은 카이랄을 마주 보며 같이 웃었다.

사선 위를 걷고 있는 건 둘 다 마찬가지. 누가 누구를 걱정할 처지가 아니다.

운정은 그에게 걸어가며 말했다.

"그 부활마법은 어때? 다 익혔어?"

카이랄은 어이없다는 듯 대답했다.

"다들 너와 태학공자 같은 줄 아나? 그 마법은 며칠 사이에 익힐 수 없다. 아마 일 년은 지나야 그의 도움 없이 겨우 시전할 수 있지 않을까 싶다."

"설마? 그렇게나 어려운 마법이야?"

"단순히 어려운 걸 떠나서 그건 하나의 마법이 아니다. 어떤 마법들의 총칭이지."

"총칭?"

"부활이라는 건 단순히 하나의 현상이 아니다. 수십 가지의 사건이 한 번에 일어나는 것이지. 마찬가지로 리인카네이션 스펠은 그 속에 많은 다른 마법을 내포한다. 기억을 유지하고 갱신하는 것도 있고, 영혼과 정신을 옮기는 것도 있고, 또 몸과 영혼은 연동하는 것도 있다. 끝에 가면 결국 다 같은 것이기에 하나의 시동어로 영창할 수 있는 것이지만."

"그렇게나 힘든 거야? 그걸 한 번 슥 보고 따라 하는 태학 공자가 이상한 거네."

"괜히 오딘 아이(Odin eye)가 더 세븐이 아니지."

운정은 뭔가 갑자기 생각이 나 박수를 한번 치며 말했다.

"아, 맞아. 전에 알려 준 건 다 외웠어. 이제 새로운 단어 좀 알려 줘."

카이랄이 의외라는 듯 말했다.

"마공 연구 때문에 다 못 외웠을 줄 알았는데?"

"틈틈이 머리 식히느라고 네가 알려 준 단어들을 상기했지. 그러다 보니 외워지더라."

"하, 기가 막히군. 언어를 배우는 게 휴식이라니."

그 둘은 느린 걸음으로 지고전의 복도 위를 걸었다. 카이랄은 이계의 공용어에서 쓰이는 단어들을 하나하나 알려 주었다.

이미 기본적인 단어들은 모두 알려 주었기에 조금 깊은 수

준의 단어들을 말했는데, 운정은 그 말에 완전히 집중할 수 없었다.

너무 어려웠기 때문은 아니었다.

복도에는 햇볕이 사선으로 반쯤 들어오고 있었고, 복도의 방향에 따라 햇빛이 들어오는 정도가 변하고 있었다.

때문에 카이랄의 운신의 폭이 들쑥날쑥으로 변했지만 그의 걸음은 거침이 없었다. 운정은 자기도 모르게 그런 부분에 신경이 쓰인 것이다.

빛줄기 하나만 받으면 바로 재로 변해 버리는 몸을 입고, 이런 복도 위를 어떻게 쉽사리 거닐 수 있을까? 다른 것도 아니고 그저 빛줄기인데?

카이랄은 운정이 이런 생각을 하는지도 모르고 말했다.

"그나저나 정말로 천 개가 넘어가는 단어들을 다 외웠다는 게 신기하군. 역시 대단해."

운정은 제갈극의 실험실로 향하는 문을 열고 들어가며 나지막하게 말했다.

"대단한 걸로 치면 너도 만만치 않지."

카이랄은 되물었다.

"왜?"

"아니야. 들어와."

운정이 먼저 들어갔고, 카이랄은 고개를 한 번 갸웃한 뒤따라 들어갔다.

그들은 실험실 지하로 내려갔다.

운정이 말했다.

"지금 시간이면 제갈극에게 한창 마법을 배울 시간인데, 나를 부른 것을 보면 그녀가 깨어난 거야?"

카이랄이 고개를 끄덕였다.

"죽은 지 좀 시간이 지난 후에 물려서 그런지 소생하는 데 이 정도의 시간이 걸렸다고 한다."

"……."

이후 운정은 마지막 실험실에 도착할 때까지 말이 없었다.

그가 문을 열고 들어가니, 전에 고바넨이 묶여 있었던 자리에 다른 여인이 묶여 있었다.

그녀는 소청아였다.

붉은 눈빛을 한 그녀는 운정을 보더니 눈을 크게 떴다.

운정은 한쪽에서 태극지혈을 이리저리 둘러보며 연구하고 있는 제갈극을 향해서 말했다.

"불렀습니까?"

제갈극은 운정을 보지도 않고 손가락으로 소청아를 가리키더니 말했다.

"보는 것처럼 성공했다. 직접 입으로 물지 않고, 뱀파이어의 피로 만든 이 혈마단(血魔團)으로 뱀파이어화시킨 첫 사례이지. 시체에도 통하니, 살아 있는 사람에게는 말할 것도 없을 것이다."

혈마단은 제갈극이 새로 발명한 것으로 그것을 복용하면 뱀파이어가 되는 단환이었다.

본래 뱀파이어는 다른 뱀파이어가 직접 흡혈함으로 탄생하는 것이지만, 제갈극은 그것을 중원의 지식을 동원해서 같은 효과를 지닌 단환으로 만든 것이다.

그런 건 이제 놀랍지도 않은 운정이 투박하게 대답했다.

"그렇군요. 시체에게 어떻게 복용시켰습니까?"

"입에 넣으면 자동적으로 녹아 흡수되느니라. 그래서 저 쓰레기는 이제 어떻게 할 셈이냐?"

운정은 천천히 소청아 앞으로 걸어갔다. 소청아는 붉은 두 눈빛으로 그를 바라보았지만 이렇다 할 말을 하지 않았다.

운정이 그런 그녀를 찬찬히 돌아보며 말했다.

"혹 말을 못합니까?"

제갈극이 손을 휘적거리며 말했다.

"죽은 지 시간이 지나고 뱀파이어가 되서 손상이 있느니라. 구강구조에 이상이 있는 것이 아니라 뇌에 문제가 있어. 마법으로 복구하려면 할 수 있겠지만, 자연치유가 되는 것이 아닌 이상 마법 효과가 떨어지면 다시 돌아가겠지. 완전히 회복시키고 싶다면 네가 배워서 하면 되느니라."

운정은 소청아와 눈을 마주쳤다.

소청아의 붉은 두 눈은 많은 것을 말하고 있었으나, 그중 가장 분명한 것은 역시나 공포였다.

운정이 그녀에게 말했다.

"흐음, 지금도 아니라곤 할 수 없지만, 그땐 마성에 젖어서 조금 충동적으로 돼서 말이지. 그렇게 죽인 건 미안해. 하지만 내 말을 무시한 건 무시한 거니까."

"……"

"네가 원한다면 다시 영면에 들게 해 주겠느니라. 아니라면 글쎄, 자유롭게 둘 수는 없을 거야."

제갈극은 태극지혈을 연구하는 손길을 쉬지 않으면서 말했다.

"구속마법으로 구속하려거든, 직사광선에 노출시켜 태워 버리든 네 마음대로 하거라. 어차피 네가 들고 온 쓰레기니 네가 원하는 대로 해. 우선은 이곳으로 와 보거라."

구속마법이라면 고바넨이 정채린에게 행한 그 마법이다.

운정은 빤히 소청아를 보았지만, 그녀는 동일한 표정과 동일한 눈빛으로 그를 바라볼 뿐이었다.

아무런 죄책감도 느껴지지 않는다.

이것 또한 마기의 영향일까?

음양의 조화는 잘 유지되고 있는데?

그의 시선이 소청아의 몸을 훑었다.

들어갈 때는 들어가고 나올 때는 나온 여인의 몸.

그는 자신이 전에 소청아의 시신을 보며 재밌겠다는 생각을 했던 것을 기억했다. 이렇게 되살려서 가지고 노는 것이 어떨까 하고 말이다.

물론 가지고 노는 것에는 성적인 것과 그렇지 않는 모든 것이 포함되어 있었다.

지금 생각해 보면 참으로 어이가 없을 정도로 추한 생각이다.

운정은 자조적인 미소를 지었다.

추하다?

아니다.

그것이 잘못된 생각이어서 추하다고 느끼는 것이 아니다.

단지 나와 격이 안 맞아서 추하다는 느끼는 것이다.

양심으로 비롯된 느낌이 아니라 다른 것에서 비롯된 느낌.

뭘까?

자존심일까?

기억의 잔재일까?

운정은 다시금 소청아의 얼굴을 올려다보았다.

원래도 아름다운 얼굴이었는데, 뱀파이어로 변하고 나니 그 미모가 한층 더 올라왔다. 귀여운 면모가 사라지고 성숙한 여인의 향을 풍기고 있었다.

그녀는 여전히 공포 어린 눈빛으로 그를 보고 있었다.

운정은 순간 마음속 깊은 곳에서 치솟는 감정을 느꼈다.

가지고 싶은 욕구. 지배하고 싶은 욕구. 마음대로 하고 싶은 욕구.

인간이라면 당연히 느껴 봤을 소유욕은 그에게 낯설었다.

그는 자기도 모르게 눈을 감고 그가 사랑하는 정채린을 떠올렸다. 그러자 욕구가 점차 사라지는 느낌을 받았다.

그리고 욕구는 다시 시작되었다.

정채린은 소청아처럼 묶여 있고, 고바녠은 그 창백한 손을 들어서 그녀의 옷가지 속에……

"뭐 하느냐? 이곳으로 오라니까."

운정은 눈을 팟 하고 떴다. 그런 그를 보던 소청아의 두 눈동자에서 놀랍게도 서서히 공포가 사라졌다. 그리고 다른 무언가가 차오르기 시작했지만, 운정은 그것이 무엇인지 인지하기 전에 제갈극에게 고개를 돌렸다.

제갈극은 의자에 앉아 짜증 난 표정으로 그를 노려보고 있었다.

운정이 곧 제갈극에게 걸어가자, 소청아의 두 붉은 눈동자는 서서히 그의 뒤를 따라갔다.

운정이 제갈극의 뒤에 서서 말했다.

"무슨 일입니까?"

제갈극은 태극지혈의 한쪽을 가리키며 말했다.

"지금까지 연구를 토대로 봤을 때, 화산파 장로가 태극지혈로 지팡이를 만든 것은, 그것이 태극지혈의 특성이라기보다는 태극지혈을 이루고 있는 재질의 특성이라 볼 수 있느니라."

"그게 무슨 뜻입니까?"

"마법지팡이는 마법사의 의지를 외부에 전달하는 것을 도와주느니라. 마법사가 흔히 양손을 앞으로 뻗고 눈을 감고 주문을 외우는 식으로 마법을 영창할 때는 상당한 포커스와 마나 그리고 시간이 들어가지. 그러나 마법사가 마법지팡이를 이용해 마법을 사용하게 되면 그러한 모든 절차가 간소화되는 것과 동시에 최적화되느니라. 마치 검객의 검과 같은 것이다. 내공이 있고 검공을 알고 있어도 검을 펼치는 것과 손으로 펼치는 것에는 큰 차이가 있지 않느냐?"

운정이 되물었다.

"지팡이가 무엇인지는 알고 있습니다. 태극지혈의 특징이 아니라 태극지혈의 재질의 특징이 그것이 지팡이로 사용된 이유라는 말이 무슨 뜻인지가 궁금합니다."

제갈극은 입술을 한번 뒤틀더니 설명했다.

"그 화산파 장로가 이것을 마법지팡이로 사용하게 된 이유는 태극지혈의 특별함 때문이 아니라 태극지혈로 만들어진 이 물질의 특별함 때문이라는 것이니라. 태극지혈이 지닌 특성, 그러니까 주변의 기운을 빨아들이는 그 특성은 이것이 지팡이가 된 이유와 하등 상관없다."

운정은 미간을 좁히며 말했다.

"그렇다면 태극지혈이 무엇으로 만들어졌는지 알 수 있다면, 그 물질을 통해서 마법지팡이를 만들 수 있다는 말입니까? 태극지혈의 특성이 마법지팡이가 되는 것과 연관이 없는 것은 희소식인 듯합니다. 이제 같은 재질을 구하기만 하면 되는군요."

제갈극은 콧김을 내쉬더니 말했다.

"꼭 그렇지만도 않느니라. 태극지혈의 특성 때문이라면, 내가 그 원리를 파악해서 아무 철에나 적용하면 그만이지. 그 재질에 이유가 숨어 있다면 그 재질을 따로 찾아야만 하지 않느냐? 그러니 내 입장에선 더욱 귀찮은 일이 될 것이다. 이 태극지혈은 중원의 것 중에서 마법지팡이로 활용된 유일무이한 것이니라. 그것을 또 어디서 찾겠느냐?"

"……"

"그래서 묻는데 혹 태극지혈이 어찌 만들어졌는지 아는 것이 있느냐? 참고로 이것은 내 연구에 관계된 것이니 진실하게 말해 줘야 하느니라."

서약마법까지 들먹이는 제갈극에게 운정은 알았다는 듯 몇 번 손짓하더니 말했다.

"화산파의 안 장문인의 말이 맞다면, 무당파 개파조사인 장 삼봉 시조께서 지니고 있었다고 합니다. 그러니 수백 년 전부 터 이어지는 것일 겁니다. 그리고 보니 검선은 혹 그 태극지혈 이 수많은 사람들의 피로 이루어진 것이 아니냐는 추측을 하 긴 했었는데……."

"했었는데?"

"아닙니다. 그냥 사람을 많이 죽였다는 것을 그렇게 표현한 듯합니다."

"그럼 결국 모르는 것이냐?"

"무당의 기록들이나 화산의 기록들을 보게 되면 어느 정도 실마리를 찾을 수 있을지 모르겠습니다."

제갈극은 양손으로 머리를 싸매더니 머리카락을 쥐어뜯으 며 말했다.

"하아, 제기랄. 머리가 다 아프군."

"……."

"아, 한 가지 더. 내가 기문둔갑을 활용하기 위해서 태극지 혈의 특성을 이용하여 이 극음의 육신에 양기의 길을 뚫은 것 을 기억하느냐?"

제갈극은 뱀파이어가 되고 기문둔갑을 다룰 수 없게 되었 다. 오로지 음만이 존재하는, 상식 밖의 몸이기 때문이다. 그래서 그는 태극지혈을 이용해 양기를 받아 그 길을 육신 안에 뚫었었다.

운정은 고개를 끄덕였다.

"아, 그 양이 전혀 없는 특이한 신체라 모든 방정식이 의미를 잃는 것과 같다는 식으로 말했던 것을 기억합니다."

제갈극은 카이랄을 향해서 고갯짓을 하며 말했다.

"그것은 단순히 기문둔갑뿐 아니라 무공에도 해당되는 듯하다. 카이랄은 마공을 익히면서도 어떠한 마기를 모을 수 없다. 이 뱀파이어의 몸뚱이는 태극의 조화는커녕 태극의 존재 자체가 불가능해."

운정이 눈을 찌푸리며 말했다.

"아, 그 부활마법을 배우는 것 아니었습니까?"

제갈극이 대답했다.

"그것도 가르치면서 틈틈이 마공을 가르쳤느니라. 본 교에서 가장 쉽고 또 간단하기 짝이 없는 마공이니, 그걸 이해하지 못했다고 볼 순 없겠지."

운정은 카이랄을 향해서 물었다.

"카이랄, 혹시 네가 익힌 마공의 구결을 알려 줄 수 있나?"

카이랄은 대수롭지 않게 그가 익힌 마공의 구결을 말했다.

"이름은 태극음양마공으로……."

그렇게 그는 구결 한 자, 한 자 읊었는데, 운정은 그것을 들으면서 상당한 기시감을 지울 수 없었다.

그가 익힌 무궁건곤선공과 너무나 비슷해서 그것을 마공화한 것이 아닌가 하는 생각까지 들었다.

구결을 다 들은 운정이 제갈극에게 말했다.

"형식만 마공이지, 기본적인 토납법에 불과한 것이라 잘못 이해해서 마기가 쌓이지 않는 건 아닐 겁니다."

제갈극은 카이랄을 훑어보며 말했다.

"마공의 인도를 따라 피가 역류하는 역혈이 되긴 했느니라. 하지만 마기는 모이지 않았지. 그도 그런 것이 뱀파이어의 몸에는 양기가 아예 배제되어 버리니 중원의 상식이 전혀 성립될 수 없는 것이다. 양기가 마법적으로 배제되는 것이라 중원의 어떠한 것으로도 건들 수 없어."

"극음의 마공을 익혀 보는 건 어떻습니까?"

제갈극은 고개를 저었다.

"아니, 그런 문제가 아니니라. 본 교에서 가장 극음의 특성을 띄는 것이라고 해도 전혀 영향이 없을 것이니라. 중원의 공부로는 양기를 상대적으로 한없이 줄일 순 있어도 이처럼 완전히 없앨 수는 없다! 극음의 무공이라 할지라도 양기를 흡수하고 다시 내보내는 식의 일련의 과정을 거쳐 양기를 최소화하는 것이다. 양기가 스며들지도 못하고 그것을 다룰 수도 없는 뱀파이어의 몸으론 어차피 불가능하다."

운정은 어깨를 들썩이며 말했다.

"그것참 아쉽게 되었습니다."

제갈극은 갑자기 두 눈동자에서 혈광을 번뜩이며 말했다.

"일단 생각한 해법은 이렇느니라. 본좌처럼 태극지혈을 통해서 이 극음의 몸에 양기의 길을 따로 뚫고, 강시들이 무공을 쓰는 것을 연구하여 그것을 뱀파이어의 몸에도 적용하는 것. 하지만 둘 다 큰 문제점이 있느니라."

"무엇입니까?"

"전자는 본좌이기에 가능한 방법이라는 것이다. 본좌의 놀라운 지식과 지혜 때문에 태극지혈을 이용해서 양기의 길을 뚫은 것이지, 범인이라면 평생이 걸려도 불가능하지. 그러니 혈마단으로 양산될 마인들에게는 불가능한 것이다."

"후자는?"

"후자는 강시들의 무공이란 것이 본래 없다는 것이다. 강시는 살아생전에 사용했던 무공을 본능적으로 쓰는 것일 뿐, 새로운 무공을 익히는 것이 아니다. 생강시, 그것도 특수한 경우만 가능하지. 그러니 뱀파이어가 된 교인들이 새롭게 마공을 익힐 수는 없을 것이다."

운정은 고개를 느리게 저으며 말했다.

"둘 다 어려운 것이로군요."

제갈극은 고개를 끄덕이며 동의했다.

"본좌는 난관에 봉착했느니라. 그래서 너와 로스부룩의 도움을 얻을까 한다."

운정은 로스부룩이란 이름을 듣고 그와 마주쳤던 날을 떠올렸다.

분명 동굴에서 고바넨의 마법에 의해 죽었는데, 어찌 그날 멀쩡히 살아 있었을까?

이후 그는 로스부룩을 몇 번이고 보려 했지만, 막 입교한 터라 천마신교의 괜한 의심을 사지 않기 위해 그를 만나러 갈 수 없었다.

그가 말했다.

"전자는 모르겠지만, 후자는 도와줄 수 있을 것 같습니다."

제갈극의 표정이 눈에 띄게 밝아졌다.

"오, 그러냐? 어떻게?"

운정은 손으로 소청아를 가리키며 말했다.

"그녀는 무공을 익힌 채로 뱀파이어가 된 첫 사례입니다. 그녀가 무공을 펼칠 수 있는지, 그리고 무공을 수련하여 정진할 수 있는지, 또 새로운 무공을 익힐 수 있는지 연구해 보면 알 듯합니다."

제갈극은 고개를 마구 끄덕이며 말했다.

"좋다. 좋아. 역시 연구에만 몰두했더니, 가까이 있는 것을 보지 못했구나. 그럼 저 여인을 데려가서 연구해 보거라."

쓰레기가 어느새 여인으로 바뀌어 있었다.

운정은 그 말에 눈을 동그랗게 떴다.

"제가 말입니까?"

제갈극은 의외라는 듯 팔짱을 끼며 말했다.

"네 오성이면 오늘쯤에 혜쌍검마의 심득을 전부 익혔다고 생각했는데 아니더냐?"

"그건 맞습니다."

"그럼 더 이상 공부할 것이 없지 않느냐? 상승무공의 마공화를 담은 혜쌍검마의 명상록은 아직 받지 못했을 터이니."

운정이 눈초리를 좁히며 말했다.

"당신에게 마법을 배우기로 한 것은 잊으셨습니까?"

제갈극은 고개를 한번 크게 끄덕이더니 말했다.

"모든 배움은 직접 해 보는 것에서 가장 빨리 배우지. 내가 구속마법을 알려 줄 테니, 저 계집에게 써먹거라. 아직 정식으로 한 번도 마법을 펼쳐 본 적이 없으니 이번에 해 보는 것이 좋겠지."

"……"

운정은 아무런 말도 하지 못했다.

제갈극은 기지개를 켜며 자리에서 일어났다.

"전자에 관한 건 로스부룩에게 물어봐야겠군. 하암, 그럼 운정. 마법 공부나 시작할까?"

제갈극은 사악한 미소를 지었다.

第二十九章

운정은 그날 해가 지도록 제갈극에게 마법을 배웠다.

제갈극의 가르침은 현실주의적인 면이 많았다.

이론에 충실하며 형이상적인 대화로 가르침을 주었던 로스 부룩과는 완전히 다른, 직접 자신의 깨달음을 하나하나 분해해서 설명하는 식이었다.

그것은 마치 중원의 도문과 현문의 차이와도 같았다.

무당파 같은 도문에서는 세상의 이치를 학생이 스스로 깨달을 수 있도록 유도하는 반면에 제갈세가 같은 현문에서는 세상의 이치를 학생이 바로 깨달을 수 있도록 직관적으로 가르친다.

전자의 방식에 익숙한 운정은 제갈극의 방식이 낯설었다.

그중 가장 어려웠던 점은 다름 아닌 수학(數學)이었다.

마법 이론은 기본적으로 수학과 철학을 기반으로 하는데, 이 둘 중 운정은 수학을 전혀 알지 못했다. 무당의 가르침에는 수학이 거의 없는 탓이었다.

로스부룩은 운정의 출신을 고려해 수학을 배재한 마법 이론을 가르쳤었다. 철학적인 면으로 접근하여 마법에 입문케 한 것이다.

하지만 그 때문에 운정은 직접 마법을 시전할 수 없었다.

제갈극은 수학적인 부분을 보충하여 그가 직접 마법을 시전할 수 있게끔 끌어올리려 했다.

결국 마법 수업은 태반이 수학 수업으로 끝나게 되었고, 본래의 목적인 구속마법은 구 할 이상 제갈극이 대신 해 주는 꼴로 끝났다.

하지만 처음으로 마법다운 마법을 펼쳐 본 운정은 그 생소한 느낌을 마음속 깊은 곳에 두었다.

구속마법. 원어로 하면 바인드(Bind)란 마법은 대상을 하수인처럼 부리는 마법이다.

대상의 지성이 높을수록 마법의 영창이 기하급수적으로 까다로워지며, 이후에도 자의식에 반하는 것을 강요할수록 마법의 수명이 줄어든다.

인간이 다른 인간을 상대로 하는 것은 불가능에 가까우며 엄청난 자원과 시간 그리고 노력을 들여서 영창을 끝낸다고 해도 몇 시간 유지하면 다행이다.

구속마법을 유지하려면 그전에 갱신해야 하는데, 또다시 엄청난 자원과 시간 그리고 노력이 들어가니 국가급의 힘이 없다면 꿈도 못 꿀 일이다.

물론 제갈극은 운정을 가르치면서 한나절 만에 뚝딱 성공해 버렸다. 그의 천부적인 능력과 더불어 중원에 마나가 풍부했기 때문이었다.

물론 그라도 하루에 한 번씩은 구속마법을 갱신해 줘야 하며 그것도 운정이 소청아에게 무리한 명령을 내리지 않았을 때의 이야기다.

제갈극이 운정을 도와 소청아를 구속한 것은 제갈극과 운정에게 위해를 끼치지 않는 것과 그들의 말을 따르는 것 두 가지였다.

그것은 막 구속마법을 배운 마법사가 시도해 볼 법한 기본적인 구속 조건이다.

하루 종일 공부하며 진을 뺀 운정은 지고전에 구석에 있는 자신의 초소로 들어갔다.

첫날 그곳을 배정받았었지만, 지금까지는 무당파의 마공을 익히고 명상하느라 항상 수련실에 있었기에, 이렇게 쉬기 위해서 자신의 처소에 들어가는 건 이번이 처음이었다.

스스로 열정을 가지고 마공을 익힐 때는 힘든 줄 몰랐으나, 잘 맞지 않은 선생에게 관심 없는 분야에 대해서 가르침을 받을 때는 체력과 심력이 쭉쭉 빨려 나가는 기분이었다. 그는 고된 표정으로 고개를 들어 처음 들어오는 자신의 방을 바라보았다.

적당한 크기에 적당한 가구들이 있는 적당한 방이다.

그는 한쪽에 있는 침상에 걸터앉았다. 그리고 그를 따라 들어온 소청아를 보았다.

그녀의 이마에는 복잡한 문양의 마법진이 그려져 있었는데, 중원에서 찾아볼 수 없는 형태의 것이었다.

그녀는 절박함이 가득한 두 눈으로 운정을 바라보고 있었다.

침을 삼키듯 끊임없이 그녀의 목이 위아래로 꿈틀댔다.

소청아는 뱀파이어가 되고 지금까지 단 한 번도 흡혈하지 못했다.

제갈극은 구속마법을 걸기 위해 그녀의 의지를 일부러 약하게 해야 했기 때문에 더더욱 그녀에게 피를 주지 않았고, 때문에 그녀는 목이 마른 것 외에 아무런 생각도 할 수 없는 지경이었다.

"……."

"……."

침묵의 시간이 찾아왔다.

운정은 그것을 견디기 어려워 자리에서 벌떡 일어나 소청아의 입가에 자신의 손목을 가져갔다.

"한 번만 물어."

소청아는 그 말을 듣자마자, 날카로운 송곳니를 세웠다.

그녀의 흡혈 욕구를 억제하던 것은 운정의 몸을 헤칠 수 없다는 구속 때문인데, 이렇듯 선뜻 운정이 손을 내미니 더 이상 그녀를 막는 것이 없었다.

콰득.

선혈이 뿜어지자, 소청아는 얼른 입을 가져갔다.

그녀가 피를 마시기 시작하자, 그녀의 이마에 새겨진 구속 문장이 그 빛을 잃더니 어느 순간 완전히 사라졌다.

구속 문장은 의지를 강제할 때 겉으로 드러나며 그것이 선명하면 선명할수록 구속마법이 소모되고 있는 것이다.

소청아의 강렬한 흡혈 욕구와 싸우던 구속마법은 조금만 시간이 지체되었으면 아마 완전히 깨졌을 것이다.

선인의 몸은 동맥의 상처도 빠르게 회복했다.

소청아는 조금씩 적어지는 핏물을 아쉬워하며 조금이라도 먹기 위해 혀를 내밀고 안간힘을 썼다. 마치 어머니의 젖을 찾는 아이의 모습과도 같았다.

피를 더 주려면 줄 수 있었지만, 그랬다가는 소청아의 의식
이 너무 강해질 우려가 있다.

운정은 그녀의 표정에서 만족이 떠오르기 직전 손을 거뒀
다.

그러자 소청아의 표정은 금세 우울해지며, 눈을 동그랗게
뜨고 그를 올려다보았다.

이마의 구속 문장은 또다시 선명해졌지만, 전처럼 진하지는
않았다.

아름답다.

운정은 눈을 감고 고개를 흔들었다. 다소 색정적인 그녀의
모습을 즐기는 자신의 마음을 발견한 것이다.

그는 얼굴을 굳히더니 진중한 목소리로 말했다.

"더는 안 돼."

소청아는 입술을 삐쭉하더니, 곧 작은 미소를 얼굴에 그렸
다. 그러곤 슬그머니 운정의 손을 잡고 자신의 입가로 가져갔
다.

운정은 설마했지만, 구속 문장이 이마에서 사라지는 것을
보고 그녀가 다른 마음을 품은 것이 아니라 생각하고 가만두
었다.

소청아는 두 무릎을 꿇고 앉아 그의 흰 손목을 탐냈다.

이젠 상처가 아물어 피가 나지도 않는 그 손목을 소청아는 끊임없이 할짝거렸다.

그녀를 보지 않으려고 했던 운정은 자꾸만 그녀를 향해 움직이는 그의 두 눈동자를 도저히 막을 수 없었다. 몇 번이고 흔들린 그의 두 눈동자는 결국 소청아를 보았다.

그녀는 붉게 물든 두 눈으로 운정을 응시했다. 그리고 눈이 마주치자 반달처럼 눈웃음을 짓더니 더욱 매혹적으로 그를 유혹했다.

'왜 자신의 욕망에 솔직하지 못하느냐? 그냥 취해라. 그러면 편해질 것이다. 만약 그것이 싫다면 직사광선에 노출시켜 영면을 들게 해라. 그러면 역시 편해질 것이다.'

구속마법을 가르치던 중 제갈극이 한 말이 귓가에 맴돌았다. 그의 어지러운 마음을 간파하고 말한 것이다.

운정은 자기도 모르게 침상에 털썩 주저앉았다.

그러자 소청아는 마치 그것만을 기다렸다는 듯이 금세 그의 다리 사이에 무릎을 꿇고는 그의 흰 손목을 잡아 다시 입으로 가져갔다.

그리고 턱에 닿을 듯한 긴 혀를 쭉 내밀고는 느리게 손목을 핥으며 웃는 두 눈으로 운정을 올려다보았다.

할짝. 할짝.

처음에는 혀끝으로 손목의 뼈 사이를 훑었다.

할짝. 할짝.

두 번째는 혀를 길게 늘힌 채로 중지까지 올라가더니 그것을 입안에 넣고 돌렸다.

우물. 우물.

그녀는 입가에서 진한 침을 흘려 손가락과 손가락 사이를 누볐다. 그로 인해 생긴 거미줄같이 연결된 침을 볼에 비비면서 애교를 부렸다.

"자연스럽네."

운정의 모욕적인 한마디에 소청아의 두 눈에 머물던 웃음이 완전히 증발하듯 사라졌다.

길게 내밀던 혀도 서서히 안으로 들어가 종적을 감추었다. 그녀는 운정의 손목을 슬며시 놔주고 얼굴에 묻은 타액을 닦았다.

그리고 굳은 표정으로 운정을 노려보았다.

서늘함이 감도는 그 표정은 지금껏 보여 주었던 사랑스러운 모습과는 너무나도 달라, 마치 다른 사람이 된 듯했다.

운정은 마음속에서 치솟던 욕정이 씻은 듯 사라지는 것을 느꼈다.

소청아의 두 눈은 아무런 감정을 담고 있지 않았지만, 왠지 자신을 한심하게 생각하는 듯했다.

이러지도 못하겠고.

저러지도 못하겠고.

네가 사내냐?

운정은 고개를 들어 천장을 올려다보았다. 그리고 중얼거리듯 말했다.

"갑자기 왜지? 왜 나를 유혹하는 거야? 난 네 철천지원수가 아닌가? 나를 기필코 죽이겠다고 한 네 말을 기억하지 못하는 거야?"

소청아는 아무런 말을 하지 않았다. 아니, 못했다.

단순히 입과 혀가 다친 것이 아니라 언어능력을 담당하는 뇌가 다친 그녀는 어떠한 방식으로도 자신의 의사를 밖으로 표출하지 못한다.

그렇기에 차가운 그 표정으로 지그시 운정을 바라보는 그녀의 속내를 알 수 있는 방법이 전혀 없었다.

운정은 한참 동안이나 그녀를 마주 보며 그녀의 속내를 짐작하려 했지만, 철벽과도 같은 그 눈빛과 표정 앞에 이내 포기했다.

얼마만의 쉼인가?

몸과 마음이 노곤해지자, 지금껏 한쪽 구석으로 밀어냈던 생각들이 다시금 정신을 침범하기 시작했다.

그는 허탈한 듯 나지막하게 말했다.

"청아야, 난 이제 뭘 해야 할까? 사부님이 그토록 혐오했던 태극마심신공은 내 마음속에 자리 잡았고, 이미 나는 마기의 종속되었어. 너를 죽이고 또 이렇게 만든 걸 보면 내 마음속 깊은 곳까지 마성이 스며든 것이 분명하겠지."

"……."

"며칠간 미친 듯 혜쌍겸마의 마공을 탐구한 이유도 아마 생각을 비우고 싶었기 때문일 거야. 시간이 지나면 괜찮아질 줄 알았지. 하지만 그대로야. 여전히 혼란스럽고 여전히 공허해. 모순 속에 갇힌 채로 그저 생명을 연장할 뿐이지. 앞으로 나는 무엇을 해야 할까? 마교에 투신하여 마공을 기반으로 새로운 무당파를 만들어야 할까? 아니면 고바넨의 손아귀에서 린 매를 구하고 청룡궁에 복수를 해야 할까? 아니면 카이랄을 도와서 요트스프림을 무너뜨려야 할까? 그럼 그다음에는?"

"……."

"애초부터 어긋났어. 사부님의 가르침을 온전히 따라 무당파를 재건하려 했으면, 무당파의 순수함만을 추구하든가 했어야지 엘리멘탈이든 마공이든 다른 도움을 받아선 안 되었어. 하지만… 하지만 무당산의 정기가 사라졌잖아? 영원불멸해야 할 것이 사라졌는데, 순수한 무당파를 어떻게 재건할 수 있단 말이야?"

"……."

"신난 듯 지껄였지. 마치 깨달은 듯 지껄였지. 새로운 세상이 열렸다! 정공도 마공도 없다! 흐흐흐, 참 나. 그 말을 들었을 때, 무허진선은 얼마나 나를 하찮게 여겼을까? 그러니 그리 분노해서 말했겠지. 여인과 노닥거리는 것이 무당이냐고? 그게 무당이냐고? 그래, 그 말이 맞아. 무당의 재건을 쫓는다면서 여인과 노닥거리는 게 내가 하고 있는 짓이었지. 난 왜 이리 어린 걸까? 왜 이리도 어려서……"

털썩.

운정은 침상에 아무렇게나 엎어졌다.

그의 다리 사이에서 여전히 무릎을 꿇고 있던 소청아는 그런 그를 물끄러미 올려다보았다.

그녀는 조심스럽게 두 손길을 운정의 바지춤으로 가져갔다.

그녀의 손길이 허리끈에 머물자, 그것을 느낀 운정이 고개를 들어 소청아를 보았다.

"뭐야? 진짜 왜 그러는 거야?"

소청아의 표정은 여전히 표독스러웠고, 여전히 얼음장처럼 차가웠다.

각각의 눈동자에는 경멸과 비난이 담겨 있는 듯했다. 철천지원수를 눈앞에 둔 여인이 맞았다.

하지만 그녀의 손은 계속해서 움직였다.

눈빛과 표정만 보면 그를 증오하고 또 증오하는 것이 맞을 진대, 그녀의 두 손은 너무도 사랑스럽게 그의 몸을 쓰다듬었다.

왜지?

구속마법의 영향으로 갑작스레 이러는 걸까?

운정은 손으로 그녀를 제지했다.

하지만 끊임없이 올라오는 그녀의 양손은 결국 그의 허리띠를 풀어냈다.

완력도 그가 강했다.

내력도 그가 강했다.

하지만 마음이 약하니 이길 수 없었다.

운정은 눈을 감더니 말했다.

"얼마나 많은 남자에게 해 줬기에 이리도 자연스러운 거야?"

운정은 이제 대놓고 그녀를 모욕했다.

소청아의 아미가 찌푸려지고 두 눈에선 분노가 다시금 떠올랐다. 당장에라도 살인을 저지를 듯한 살기가 피어올랐다.

하지만 그녀의 손길은 더욱 거세게 움직여 그의 하반신을 탐닉했다.

운정의 모욕이 그저 마지막 발악임을 안 것이다.

구속마법으로 인해, 그만하라 한마디면 되는 것을 왜 말하지 못할까?

결국 바지를 내준 운정은 속옷이라도 지키기 위해서 양손을 소청아의 머리를 잡고는 뒤로 밀었다.

  하지만 그녀의 머리가 뒤로 밀리기는커녕 천천히 앞으로 오기 시작했다. 그리고 그와 동시에 그녀의 양손이 허벅지를 타고 속옷 안으로 침투했다.

  운정은 두 눈을 질근 감았다. 마음에서 올라오는 욕구를 더 이상 이길 수 없음을 직감한 것이다.

  그때였다.

  그와 소청아의 몸이 그의 처소에서 사라진 것은.

  쿵.

  바닥에 떨어진 그는 영문을 몰라 주변을 보았다. 소청아도 눈을 동그랗게 뜨고 두리번거렸다.

  그들은 깨끗한 반구(半球) 형태의 공간에 들어와 있었다. 새하얀 바닥과 원형의 천장의 반지름은 적어도 열 장이 넘어가는 길이일 듯싶었다.

  "Wow. you were having fun, weren't you?"

  운정은 그에게 들린 이계의 공통어를 따라 한쪽을 보았다.

  그곳에는 그가 지금껏 단 한 번도 본 적이 없는 모습을 한 이계인이 공중에서 한 자 정도 부유하며 그를 내려다보고 있었다.

  그녀는 긴 지팡이를 들고 있었는데, 마법사라는 것을 여과

없이 드러내고 있었다.

운정은 얼른 바지허리를 잡아 올리곤 허리끈을 맸다. 그리고 어색하게 일어서 다시금 이계인을 보았다.

그녀는 비웃음을 얼굴에 그리고 있었는데, 그조차도 빛이 나는 듯했다.

그 황홀만 미모는 마음에 욕정을 불러일으키는 아름다움이 아니라 정신을 압도하는 아름다움에 가까웠다.

그녀가 입고 있는 딱 달라붙는 형식의 옷은 중원에서 찾아볼 수 없는 것이었다. 게다가 가려야 할 곳을 대부분 가리지 않고 가리지 않아도 될 곳을 대부분 가린 그 형태 또한 처음 보는 것이었다.

노출된 피부에는 어김없이 각종 장신구가 가득했는데, 모두 황금과 칠흑빛 보석이 있다는 공통점이 묘한 조화를 일으키고 있었다.

운정이 카이랄에게 배운 이계어로 말했다.

"Did you just teleport me to here?"

이계마법사는 탐탁치 않는다는 듯 고개를 흔들었다.

"'이'가 아니에요."

"예?"

갑작스러운 한어에 운정이 놀라 되묻자, 이계마법사는 또다시 유창한 한어로 말했다.

"Did라고 말할 때, 모음 소리가 '이' 소리가 아니라니까요. 그러니까 정확하게 말하면, '으'라고 말하듯 입 모양을 취한 뒤에, 목 뒤로는 '이' 소리를 내는 거예요. 이렇게. Did. Did. Did. 자, 따라 해 봐요."

운정은 이해가 가질 않는다는 듯 소청아를 보았다.

하지만 이해가 가질 않는 것 소청아도 마찬가지. 둘은 동시에 고개를 돌려 이계마법사를 보았다.

이계마법사는 한숨을 푹 하고 내쉬더니, 손가락으로 자기 볼을 잡고 옆으로 찢으며 말했다.

"으렇게. 으렇게. 흐봐요. 흐브라니까요. 읍 모양을 틀이에요."

운정은 얼떨결에 그녀를 따라서 입 모양을 옆으로 찢었다. 소청아도 마찬가지로 입을 찢었다.

그것을 본 이계마법사는 만족한 듯 고개를 한번 끄덕이더니 말을 이었다.

"그렇지! 그렇게! 그 상태로 이제 '이' 소리를 내는 거예요. 입모양은 그대로 유지한 채로 말예요. 알겠죠?"

"……."

"자, 해 봐요. Did!"

"디, 디드."

"……."

"아니지. 그 입모양을 '으' 상태로 유지하라니까요. 그걸 유지한 태로 '이' 소리를 내는 거죠. 다시 해 봐요. Did."

"디드."

"……."

"아후, 뭐야? 왜 이렇게 못해. 그리고 저 여자는 왜 소리를 안 내는 거……. 아, 이제 보니 뱀파이어네요? 흐음, 근데 왜? 아하, 뇌 손상이 생겼군요. 그래서 말을 못하는 거네요? 죽은 좀 시일이 지나서 뱀파이어가 된 것이고. 흠, 흐음, 그래. 리쥬비네이션(Rejuvenation)? 리뉴얼(Renewal)? 리바이탈리제이션(Revitalization)? 아니야. 너무 생물적인데. 흐음. 그래, 그게 좋겠어."

그녀는 잠시 고민하더니, 곧 손에 든 지팡이의 끝을 소청아를 가리키며 마법을 영창했다.

[리스토어(Restore).]

지팡이 끝에서 흰 빛이 나와 소청아의 머리를 관통했다.

운정은 급히 움직여 그것을 막으려 했으나, 빛의 속도는 육신을 입고 도저히 따라갈 수 없는 종류의 것이었기에 그의 손길은 빛이 이미 날아간 궤도를 허무하게 지날 뿐이었다.

그 흰빛을 맞은 소청아는 입을 살짝 벌리더니 말했다.

"아, 아아, 아아."

운정은 그녀를 안아 들고 보았는데, 소청아는 눈을 수시로 깜박이며 신음을 내었다.

지금껏 어떠한 소리도 내지 못한 터라 운정이 놀란 표정을 지었는데, 그런 그들을 보던 이계마법사가 공중에서 내려와 땅 위에 서며 말했다.

"흐음, 보아하니 실패네요. 언어능력이 회복된 게 아니라 뇌의 다른 부분을 억지로 빌려서 소리를 내는 것뿐. 저래선 회복이라고 하긴 어렵지요. 걱정은 마세요. 마법의 효과가 사라지면 곧 정상으로 돌아올 겁니다."

소청아는 그렇게 작은 신음 소리만 낼 뿐 아무것도 하지 못하고 그대로 누웠다.

스페라는 자신의 지팡이 끝에 달린 칠흑의 보석을 이리저리 둘러보며 만족한 미소를 얼굴에 띠고 있었다.

운정은 단번에 소청아를 무력화시킨 그녀를 보며 심상치 않다는 걸 느끼고는 떨리는 목소리로 물었다.

"다, 당신은 누굽니까?"

이계마법사는 자신의 이름을 말했다.

이계의 발음으로.

"아, 내 정신 좀 봐. 내 이름은 스페라(Spera)! 희망하라는 뜻입니다! 좋은 이름이죠?"

보아하니 스페라라는 그 여마법사가 이 이상한 공간에 그와 소청아를 순간이동시킨 장본인 같았다.

또한 각종 장신구에 달려 있는 모든 보석에서 엄청난 기운이 내제되어 있는 것을 보면 마법사 중에서도 상당한 실력자라는 것을 쉽게 추측할 수 있었다.

운정이 말했다.

"들어 본 적이 없는 이름입니다."

"혹시나 해서 묻는데 당신이 운정 맞죠? 전에 로스부룩이랑 통화(通話)할 때 신난 듯 말하던데 로스부룩과 꽤 친하게 지냈다면서요."

운정은 반가운 이름에 경계심을 조금은 풀고 물었다.

"아, 로스부룩을 아십니까? 혹시 그가 어떻게 된 건지도 아십니까?"

스페라는 아무런 표정도 없이 운정을 노려보았다.

영문을 모르던 운정이 다시금 말을 시작하려고 할 때쯤, 그녀가 입을 열어 말했다.

"방금 그게 연기한 거라면 드래곤도 인정하겠는걸요? 명배우였던 내가 봐도 정말 모르겠으니."

"예?"

"아니야, 연기 같지는 않으니 넘어가도록 하죠. 일단 당신 운정 맞겠죠?"

"예, 맞습니다만."

"흐음, 그럼 로스부룩이 어떻게 죽었는지 알려 줄 수 있을까요?"

"……"

짧은 침묵이 찾아왔다.

보름달처럼 변한 운정의 두 눈이 서서히 감기더니 차가운 눈빛으로 변했다.

그가 말했다.

"당신입니까? 교주전 앞에서 마주쳤던 로스부룩은."

스페라는 순순히 인정했다.

"똑똑하네요. 거의 정답입니다. 나는 머혼 백작이었고, 로스부룩은 내 패밀리어였지요. 도플갱어(Doppelganger)라고 아세요?"

"그럼 머혼은 어떻게 된 겁니까? 역시 죽이셨습니까?"

스페라는 질문에 답하지 않고 자신의 말을 이어갔다.

"질문은 내가 해요, 운정 도사님."

"……"

"자, 그때 나를 보고 놀란 사람은 당신밖에 없었어요. 그러니 당신은 어떤 식이든 간에 로스부룩의 죽음을 알고 있거나 연관되어 있는 것이죠. 안 그러면 죽은 사람이 살아 돌아온 것처럼 놀랐을 리 없으니까요."

"당신이 로스부룩에게 일어난 일을 알아서 무엇을 할지 모르니 알려 줄 수 없습니다."

스페라는 눈초리를 모으다가 이내 툭하니 말했다.

"흐음, 진짜 간만이네요. 너무 간만이라 약간 내가 착각할 수도 있는 거니까 확실하게 하기 위해서 물어볼게요. 당신 혹시 지금 나한테 대든 겁니까?"

운정은 그 질문에 답하지 않았다. 대신 소청아를 바닥에 가지런히 내려놓고, 태극마심신공을 운용하여 심장으로부터 마기를 공급했다.

그러자 그의 두 눈은 마광이 번뜩였고, 전신에서 진득한 마기가 흘러나오기 시작했다.

스페라의 두 눈이 크게 뜨였다. 그리고 그녀의 볼이 빵빵하게 부풀어 올랐는데, 양 입술은 파르르 떨리며 닫혀 있었다.

그러나 그것으론 모자랐는지, 그녀는 양손을 들어서 입을 막았다.

그럼에도 불구하고 웃음소리는 삐져 나왔다.

"푸핫. 푸흡. 푸흐흡."

"⋯⋯."

더 이상 웃음을 참을 수 없었던 그녀는 양손으로 배를 부여잡고 고개를 젖혀 광소했다.

"캬하하. 캬하하. 하하하. 하아. 하아. 재밌네."

쾌활한 웃음을 마음껏 내뿜은 그녀는 자신의 이마를 한 번 훔치더니, 지팡이를 슬쩍 앞으로 휘둘렀다.

그러자 그녀의 앞의 공간이 살짝 일그러지더니 곧 절세미남이 나타났다.

마기를 한껏 달구던 운정은 두 눈을 부릅떴다. 스페라 앞에 나타난 절세미남이 그와 똑같은 모습을 하고 있었기 때문이다.

단순히 생긴 것을 떠나서 눈빛에 마광이 있는 것과 전신에서 마기를 흘리는 것까지도 같았다.

운정이 놀란 표정으로 그를 보는데, 그 가짜 운정 또한 똑같은 표정을 지으며 그를 따라 했다.

운정이 말했다.

"무, 무슨 조화……."

그의 말을 뒤따라서 가짜 운정이 말했다.

"무, 무슨 조화……."

운정은 눈살을 찌푸렸고, 그러자 가짜 운정도 눈살을 찌푸렸다.

운정은 믿을 수 없다는 듯 고개를 흔들었다.

"말도 안 돼. 외형을 넘어서 느껴지는 기운조차 똑같다니."

"말도 안 돼. 외형을 넘어서 느껴지는 기운조차 똑같다니."

운정은 숨이 거칠어지는 것을 느꼈다.

스페라는 그런 그를 거만한 눈길로 감상하더니 말했다.

"보아하니 힘의 차이를 느끼지 않으면 순순히 대답할 것 같지 않으니까, 놀아 줄게요. 로스부룩과는 우호적인 사이였던 걸로 보이니 심하게 하지는 않겠지만 뭐, 내 변덕은 신도 몰라서. 적당히 하고 대답해 주었으면 해요."

운정은 스페라와 그의 앞에 선 가짜 운정을 번갈아 보더니 말했다.

"당신은 청룡궁의 사람입니까?"

스페라는 고개를 저었다.

"청룡궁? 흐음, 기억 속에 정보가 별로 없네. 단편적인 기억으로는 일단 적대 세력인 거 같은데……"

운정의 질문에 그녀는 대답하지 않고 독백하며 얼버무렸다. 운정은 날카로운 눈초리로 그들을 노려보았다.

마법사에겐 어차피 발경이 통하지 않는다. 마법을 시전하는 시간을 주기 전에 달려들어서 접근전으로 몰고 가는 것이 상책.

그는 마기를 두 발로 돌려서 그가 만든 마공화된 제운종을 펼쳐 앞으로 달려갔다.

탓. 탓. 탓. 타앗.

탓. 탓. 탓. 타앗.

운정보다 한 박자씩 느렸지만, 가짜 운정은 운정이 하는 것을 거울처럼 그대로 따라 하며 앞으로 치고 나왔다.

운정은 그 가짜 운정이 완벽한 제운종을 펼치는 것을 보았지만, 속도가 조금 느린 것을 보곤 그대로 달려들었다.

그들이 충돌하기 직전, 운정은 빠르게 주먹을 내질렀다.

그때쯤 가짜 운정은 막 주먹을 내지르려고 했다. 짧지만 분명한 시간 차가 있었던 것이다.

때문에 가공할 위력을 담은 운정의 주먹은 가짜 운정이 막 몸을 틀 때쯤에 그 상체에 꽂혔다.

쿵―!

가슴을 가격당한 가짜 운정은 주먹을 끝까지 내지르지 못하고 그대로 뒤로 나뒹굴었다.

몇 번이고 땅바닥 위를 구르던 가짜 운정은 곧 금세 자리에서 벌떡 일어나 자세를 잡았는데, 운정이 잡은 자세와 동일한 형태였다.

안으로 뭉개져 있는 가짜 운정의 가슴팍에는 무당파의 태극권(太極拳)의 흔적이 그대로 남아 있었다.

상승무공을 펼칠 수 없었던 그는 기본무공 중 가장 강력한 권법인 태극권을 펼쳤는데, 변화가 적고 속도가 느려서 그렇지 위력에서만큼은 상승무공과 다를 바 없었다.

정통으로 맞으면 아무리 몸을 보호한다 해도 살이 터지고 뼈가 부러지며 적어도 소림파의 금강불괴는 되어야 무리 없이 막아 낼 수 있었다.

하지만 가짜 운정은 가슴의 피해가 없는 것처럼 서 있었다.

운정이 숨을 쉴 때마다 그를 따라서 숨을 쉬는데, 가슴이 무너져 흐트러져야 할 들숨 날숨에 조금도 이상이 없었다.

스르륵.

가짜 운정의 무너진 가슴팍이 이리저리 흔들거리더니 서서히 자기 형태를 되찾아 원래의 상태로 복구되었다.

재밌는 점은 가짜 운정이 입고 있는 찢어진 상의까지도 같이 복구되었다는 점이다.

운정은 눈길을 돌려 스페라를 보았다.

그녀는 아예 팔짱을 끼고 공중에 둥실 뜬 상태로 그를 내려다보고 있었다. 마치 공연을 관람하는 관객과도 같은 표정이었다.

확실히 그녀는 이 싸움에 개입할 생각이 없는 듯했다.

운정은 이를 부득 갈았다. 그 표정을 보는 순간 치솟는 모멸감을 참아 낼 수 없었던 것이다.

그를 완전히 경시하고 있는 그녀의 얼굴에 주먹을 박아 넣고 싶다는 생각이 샘솟듯 올라왔다.

"칫."

"칫."

운정은 그를 동시에 따라 하는 가짜 운정을 보았다. 그 시간 차가 줄어 이제는 거의 동시에 따라 하는 것 같았다.

그 또한 그의 신경을 거슬리게 만들었고 곧 그것은 참을 수 없는 짜증이 되었다.

치기 어린 어린아이의 표정이 운정의 얼굴에 떠올랐다.

갈!

그는 고개를 한 번 크게 흔들었다.

다시금 같은 실수를 할 수는 없다. 지난 며칠간 마공을 공부한 이유는 이를 위함이 아닌가?

그는 정신을 차리고 자신을 성찰하며 내부를 살폈다.

그러자 마공화된 제운종으로 인해 한껏 달궈진 태극마심신 공의 리기와 감기가 서로를 향해 이빨을 드러내고 있는 것이 보였다.

단순히 심장에서뿐 아니라 온몸에 있는 모든 혈관 속에서 그러니, 이것을 자각하지 못하고 있던 것이 어이없을 정도였다.

그 두 기운이 그렇게 된 이유는 운정이 마공을 펼치면서 음양의 조화를 전혀 생각하지 않은 탓이었다.

그는 전에 그가 마성에 젖었던 근본적인 이유가 태극마심 신공의 부작용이 아니라 태극지혈의 잘못된 활용으로 인해 내부의 음양의 조화가 깨졌기 때문인 것을 깨달았었다.

그러니 마공으로 인해 어지러워지는 태극의 조화만 놓치지 않고 신경을 쓰면 전처럼 마성에 쫓을 일은 없을 것이라 판단했다.

그는 심장에 싸이는 리기와 감기를 차분히 조율하며 다시금 태극마심신공을 일으켰다.

그러자 마음이 차분해졌다.

스페라가 거만한 표정을 짓는 것도, 그녀의 패밀리어가 그를 따라 하는 것도 더 이상 신경에 거슬리지 않았다. 참을 수 없는 분노나 모멸감도 더 이상 느껴지지 않았다.

그러자 정신이 맑아졌다.

방금 전 격돌할 때 만약 스페라가 마법을 썼다면? 그가 당해도 크게 당했을 것이다.

하지만 스페라는 거만한 표정으로 뒷짐을 서고 있었다. 마치 고수가 하수와 놀아 주겠다는 듯 굴고 있있다.

그것을 곧이곧대로 믿을 수 있을까? 겉으로는 저리 보이지만, 지금 자신의 패밀리어에게 온 힘을 쏟아붓고 있는 것이 아닌가? 그렇지 않다면 왜 저리 가만히 있단 말인가?

운정이 말했다.

"확인해 보지."

"확인해 보지."

그는 제운종을 펼쳤고, 가짜 운정 또한 그를 따라 제운종을 펼쳤다.

운정은 거울상처럼 그에게 따라붙는 가짜 운정을 보며 정면으로 다시금 태극권을 펼쳤다.

가짜 운정은 전과 다르게 그와 동시에 태극권을 내질렀고, 그 두 주먹은 중앙에서 맞부딪쳤다.

쿵―!

운정은 가짜 운정의 뒤로 스페라를 슬쩍 보았다.

스페라는 처음 그 거만한 그 자세 그대로였다.

운정은 왼손으로 주먹을 쥐고 다시금 정권을 내질렀고, 가짜 운정도 마찬가지로 정권을 내질렀다.

쿵―!

운정은 반복했다.

쿵―!

쿵―!

쿵―!

마치 두 사람이 태극권을 연습이라도 하듯, 수차례의 정권 교환이 이뤄졌다.

하지만 그 와중에 운정의 두 눈동자는 쉴 틈 없이 움직이며 가짜 운정이 다르게 움직이려는 것을 포착하려 했는데, 가짜 운정의 눈동자 또한 똑같이 움직일 뿐 별다른 움직임은 보여 주지 않았다.

운정은 결국 뒤로 훌쩍 뛰었다. 가짜 운정도 훌쩍 뛰어서 스페라 옆에 섰다.

그는 말했고 가짜 운정도 그를 따라 동시에 말했다.

"무슨 마법인지."

"무슨 마법인지."

"알 수 없으나."

"알 수 없으나."

"대강 해법을."

"대강 해법을."

"알 것 같으."

"알 것 같으니."

"니."

"앞으로."

"앞으로."

"조심……."

"조심……."

"머, 먼저 말했어?"

운정은 자신의 입을 막고 싶었다. 하지만 그는 말을 토해
내고야 말았다.

"머, 먼저 말했어?"

가짜 운정은 도약했다. 운정은 자신의 발로 절로 가는 마기
를 느끼며 앞으로 나아가는 자신의 몸을 느꼈다.

놀랍게도 가짜 운정이 먼저 움직이고 운정이 찰나의 순간 후에 움직인 것이다.

운정은 앞에서 달려오는 가짜 운정을 보며 어떤 기이한 감정을 느꼈다. 그것은 생소한 종류의 공포로 위협적인 적을 향한 것이 아니라 미지에 대한 공포였다.

그는 마기를 전신에서 끌어올렸다. 그러자 가짜 운정의 전신에서 마기가 폭발했고, 그의 본신에서는 이제 막 마기가 심장에서 치솟기 시작했다.

그렇게 가짜 운정의 몸에서 먼저 마기가 뿜어졌고, 그 마기가 운정에게 도달할 즈음에서야 운정의 몸에서 마기가 뿜어졌다.

둘 사이의 거리는 이제 겨우 일 장. 둘 다 한 걸음씩만 앞으로 나가면 주먹을 교환할 수 있는 거리였다.

운정은 서둘러 주먹을 들었지만, 그의 의지에 의해서 주먹이 들린 것은 운정의 주먹이 아닌 가짜 운정의 주먹이었다.

운정은 그 주먹을 뻗었지만, 뻗어진 것은 운정의 주먹이 아닌 가짜 운정의 주먹이었고, 그의 주먹은 이제 막 올라오고 있었다.

운정은 순간 머리에 스치는 것이 있어, 주먹에서 완전히 내력을 뺐다.

퍽—!

가슴에 주먹이 꽂혔지만, 운정은 물러나지 않았다. 가짜 운정이 뻗은 그 주먹에는 조금의 내력도 담기지 않았기 때문이다.

찰나 후 운정의 주먹이 뻗어졌고, 그것은 동일하게 가짜 운정의 가슴에 꽂혔다.

퍽—!

역시나 내력이 없어 아무런 피해도 주지 못했다.

그 광경을 본 스페라가 박수를 쳤다.

"Oh? Pretty fast. Surely, zhongyuanian warriors have great sesneselttab."

운정은 눈을 가늘게 뜨고 앞에 있는 가짜 운정을 보았다. 가짜 운정도 눈을 가늘게 뜨고 운정을 보고만 있지 다른 무언가를 하지 않았다.

가짜가 먼저 움직인다?

그가 입술을 슬쩍 비틀자, 가짜 운정의 입술이 비틀어지고 그 이후 그의 입술이 비틀어졌다. 눈을 찡긋하자 그 역시 마찬가지였다.

몇 번을 확인하자 어느 순간부터는 가짜 운정이 진짜 몸인 것 같았다. 단지 시야만 서로 뒤바뀐 마법에 걸린 것이 아닌가 하는 생각까지 들었다.

운정은 빠르게 머리를 굴렸고, 곧 해법을 찾았다.

그는 왼 손바닥을 펴서 가짜 운정의 왼쪽 방향으로 장풍을 쏘았다. 무당의 기본장공인 면비장(綿飛掌)으로 기본무공 중 가장 강력한 장풍초식이 있는 것이다.

그러자 미리 움직인 가짜 운정의 왼손에서 먼저 장풍이 발사되고 나서야 운정의 왼손에서 장풍이 나갔다.

운정은 오른손을 앞으로 들어 가짜 운정의 장풍을 마중 나갔는데, 미묘한 시간 차를 두어 가짜 운정의 장풍이 지나간 즉시 오른손이 지나가도록 했다.

그러자 그보다 앞서 움직이는 가짜 운정의 오른손은 운정이 내지른 장풍에 그대로 노출되었다.

펑—!

마공에 의해서 패도적으로 변한 무당의 장풍. 그것도 위력적인 면에서는 이미 강력했던 면비장의 장풍은 아무런 내력이 담기지 않은 일반 손은 그대로 손목에서 뽑아 버릴 위력을 가지고 있었다.

가짜 운정의 오른손은 그의 선인의 육체의 견고함까지 있는지, 뒤로 손가락이 완전히 꺾이는 것에서 끝났다.

운정은 오른손을 들어 가짜 운정의 머리를 잡았다. 물론 가짜 운정의 오른손이 먼저 움직여 운정의 얼굴 앞에 왔으나, 손가락이 모두 뒤로 꺾여 있어 얼굴을 잡을 순 없었다.

운정은 다섯 손가락에 강력한 내력을 불어 넣어 가짜 운정의 얼굴을 부여잡고는 그대로 뭉그러뜨렸다.

가짜 운정의 손 또한 동일한 내력이 흘러들었으나, 꺾여 있는 다섯 손가락에서 맴돌 뿐이었다.

콰드득.

가짜 운정의 얼굴이 안쪽으로 완전히 무너져 참혹한 모습을 드러냈다. 운정은 방심하지 않고 동일한 방법을 이용해서 가짜 운정의 양팔과 두 다리 모두를 뒤로 꺾어 버렸다.

이제는 머리와 사지가 부서져 땅에 엎어진 채로 부들부들 떠는 가짜 운정만이 있었다. 운정은 뒤에 서 있는 스페라를 보더니 말했다.

"놀이는 끝난 듯합니다만."

"노이느 크나 드하니다마."

가짜 운정은 뭉개진 입으로 기어코 운정을 따라 했다.

운정은 스페라에게 눈을 고정한 상태로 오른손에 장력을 모아 아래로 장풍을 쏘았고, 그것을 맞은 가짜 운정의 입은 안으로 뭉개졌다.

스페라는 그 광경을 끝까지 구경하더니 팔짱을 풀고 말했다.

"응. 놀이는 끝났지요. 재밌었어요. 솔직히 꽤 오래갈 줄 알았는데, 전혀 당황하지 않고 냉정하게 상황을 파악해서 금세 끝내 버렸네요? 그게 답을 알고 나면 허무할 정도로 쉬운 놀이인데 그 전까진 진짜 알기 어려운 그런 거거든요."

운정은 마기를 다시금 끌어올리면서 스산한 목소리로 스페라에게 말했다.

"그래서 당신은 왜 제게 로스부룩의 행방에 대해서 묻는 겁니까?"

스페라는 대수롭지 않다는 듯 말했다.

"스승이니까요."

운정은 입을 벌렸다.

"예?"

스페라는 다시금 말했다.

"스승이니까요. 제자가 죽었으니, 안 찾아볼 수는 없잖아요?"

"……."

운정은 아무런 말도 하지 못했다.

로스부룩은 마법을 가르치면서 간간히 자신의 스승에 대해서 언급했었는데, 그때마다 연상되는 것은 고집스럽고 까다롭기 그지없는 노인이었다. 그런데 설마 로스부룩 본인보다 어린 미녀일 줄은 꿈에도 몰랐다.

스페라는 기분이 좋은지 두 손을 모으고는 말했다.

"그래도 새로운 제자 후보를 찾았으니, 기분이 괜찮아졌어요. 대충 시신만 찾고 빠르게 장례를 치르면 스승으로서 할 건 다 하는 거겠죠? 그땐 정식으로 제자로 삼아 줄게요."

매혹적으로 웃는 그녀를 보며 운정은 고개를 갸웃했다.

"설마, 새로운 제자라 하시면?"

스페라는 왼손가락으로 운정을 가리키더니 말했다.

"당신요. 보아하니, 머리는 로스부룩만큼이나 좋은 것 같고, 얼굴도 반반하니 곁에 두고 가르칠 맛이 나고. 그래도 로스부룩이 후임자를 남겨서 다행이네요. 헛죽지 않았어. 이렇게 된 이상 자질을 자세히 검토해 보죠. 만족스럽다면 로스부룩처럼 수제자로 임명해 줄게요."

"……"

"아, 참고로 거부할 생각은 마세요. 그런 건 안 돼요."

그녀는 시익 웃더니, 지팡이를 살짝 흔들었다. 그녀를 주시하던 운정은 그녀가 무슨 마법을 펼칠지 몰라 빠르게 제운종을 펼치며 앞으로 치고 나갔다.

아니, 나가려 했다.

운정은 땅에 박힌 듯 움직이지 않는 그의 두 발을 내려다보았다. 그곳에는 어느새 완전한 모습으로 회복한 가짜 운정이 그의 양 발목을 잡고 있었다.

가짜 운정은 더 이상 운정을 따라 하지 않는 듯했다. 운정은 양손에 장력을 모아 가짜 운정의 허리에 장풍을 쏘았다.

퍼—억!

두 장풍은 상반신과 하반신을 끊어 버렸다. 하지만 그의 발목을 잡은 두 손의 힘은 그대로였다. 그때 앞쪽에서 이상한 기운을 느낀 운정은 앞을 돌아보았고, 그의 코앞에 다가온 스페라를 볼 수 있었다.

그녀가 말했다.

[파워 워드 할트(Power—word Halt)].

운정은 공간이 그의 피부 위까지 좁아진 기분을 느꼈다. 허락된 그 작은 틈 밖으로는 도저히 움직일 수 없었다.

그는 전처럼 심력을 모아 그의 이마 앞에 바람을 모으려 했다. 하지만 바람은 조금도 모이지 않았다. 당시에는 어디서 튀어나왔을지 모를 순수한 건기와 순수한 곤기의 무한한 공급이 있었지만, 지금은 일말의 건기와 곤기도 느껴지지 않았다.

아무것도 할 수 없었던 운정은 태극마심신공을 운용하여 천천히 마기를 갈무리했다. 어차피 이런 상황에서 심력과 내력을 더 낭비할 수 없었기 때문이다.

스페라는 천천히 운정을 위아래로 살폈다. 칠흑 같은 그녀의 두 눈동자는 황금색의 홍채가 그 주위를 감싸고 있었다. 그리고 검은색의 얇은 글씨가 그 홍채 위에 빼곡하게 쓰였다가 지워지기를 반복하며 도는 것을 볼 수 있었다.

그렇게 한참 동안 마공을 운용하여 마기를 갈무리한 운정을 보며, 그녀는 싱그럽게 웃고는 말했다.

"이것이 중원의 무공인가? 흐음. 마나의 흐름을 통해서 물체가 가진 빈공간을 메워 그 질량을 수배로 키우되, 마나를 공급한 당사자에게는 그 무게의 증폭이 적용되지 않는 것으로 군. 무거운 것을 가벼운 것처럼 휘두르는 것이 핵심인가?"

"정확하게는 그 힘을 내력이라 합니다."

스페라는 자신의 독백에 대답한 운정을 묘한 눈길로 바라보았다. 운정은 무표정하게 그녀를 마주 보고 있었는데, 그 눈길은 자신의 목숨 줄을 틀어쥐고 있는 사람을 향한 것이 전혀 아니었다. 마치 한적한 공원에서 우연히 만난 대화 상대를 향한 것이었다.

스페라는 운정의 대답을 일부러 무시하곤 독백을 이어 나갔다.

"그리고. 보아하니 마나가 심장으로 스며드는데, 인체의 심장을 마나스톤처럼 만든 건가? 흐음, 뭐랄까, 생체 속에 마나의 길을 만들어서……. 흐음, 굉장해. 마나 자체에 의지를 지속적으로 부여해서 조종하는 것인가? 아하, 이렇다면 마나를 소모하여 의지로 발현시킬 수는 없지만, 그저 그 흐름만을 사용하니 마나의 소비 없이 마나의 효과만을 누리는구나! 그래서 이 세상엔 마나가 가득했어. 엄밀히 말하면 중원의 무공은 마나를 소모하지 않아. 그저 내가 가졌다가 자연에 돌려줄 뿐이야. 돌려주는 과정에 있는 부차적인 효과만을 누리는 것이지."

운정은 그녀의 독백에 문득 깨닫는 것이 있어 물었다.

"중원의 무공은 마나를 소모하지 않는다는 그 말. 그것이 무슨 뜻입니까?"

"……"

스페라는 자꾸만 자신의 독백을 방해하는 운정의 시선이 부담스러워졌다. 그녀는 운정의 내부를 살피는 것을 관두고는 운정의 두 눈과 시선을 마주쳤다.

사실 그녀의 두 눈은 원래부터 운정의 눈과 마주 보고 있었다. 그러나 그녀가 운정의 내부가 아니라 운정을 보게 되었을 때, 운정은 그때서야 그녀가 자신을 바라보고 있다는 것을 느꼈다.

운정이 말을 이었다.

"다 살펴보셨습니까? 그렇다면 제 질문에 답해 주실 수 있습니까?"

스페라는 자기도 모르게 침을 한 번 삼켰다. 겉으로는 그저 계속 눈을 바라보고 있는 것처럼 보일 텐데. 방금 그를 보기 시작했다는 것을 어떻게 알았을까?

스페라는 마음속에서 강렬한 호기심이 요동치는 것을 느꼈다. 그녀는 자신의 감정을 전혀 숨기지 않은 채 말했다.

"사람과 물의 관계를 생각하면 쉬워요. 사람은 생존을 위해서 물을 마시지만 그 물 자체를 소모하지 않아요. 몸 안에서 물은 사라지거나 만들어지지 않죠. 그렇기에 물을 그대로 내보내기도 해요. 정리하면, 사람이 생존을 위한 생명 활동을 위해서 물을 사용할 뿐 소모하지 않아요. 그것이 중원의 무학이 마나를 다루는 방식이라는 것이죠."

"그렇다면 마법은… 마치 사람의 몸이 물을 증발시키는 겁니까?"

"증발 자체도 소모는 아니죠. 물이 다른 형태로 변해서 나가는 것일 뿐, 물 자체가 없어지는 건 아니니까요. 마법은 마치 몸이 물을 쓰고 아무것도 남기지 않는 것과 같아요. 물 자체가 세상에서 사라지는 것이죠."

"……."

"생각해 봐요. 인간이 생명 활동을 위해서 물을 소모시킨다면. 그러면 천하에 물이 남아나겠어요? 파인랜드는 딱 그런 상황이에요. 모든 곳의 마나가 고갈돼서 도시는 말할 것도 없고 자연에도 희박하며, 몇몇 희귀한 지역에서만 유지되고 있죠. 땅속의 특수한 돌들이 마나를 자기 안에 가두고 있는데, 그래서 마법사들은 그것들에서 마나를 뽑아 쓰죠. 마나스톤이라 해요."

스페라는 자신의 지팡이 끝에 달려 있는 흑빛 보석을 톡톡 치며 말했다. 운정은 심각한 표정으로 물었다.

"그렇다면 마법을 사용할 때 사용되어지는 기류(氣流)는 자연에서 완전히 소멸하는 것이로군요."

스페라는 다시금 운정과 눈을 마주쳤다. 그녀 역시도 운정

의 두 눈에 떠오른 순수한 호기심을 엿보고는 같은 마음임을
깨달았다.

그녀가 말했다.

"맞아요. 마나가 의지로 발현되어서 사건이 발생하면 당연
히 마나는 소멸되죠. 마나는 사건이 발생하는 데 드는 자원이
니까요."

운정이 눈초리를 모으더니 나지막하게 말했다.

"중원의 무학에선 기를 모으고 사용합니다만, 그 내력이 밖
으로 뿜어져서 세상으로 돌아갈 뿐 그것이… 진정한 의미에
서 소멸될 수는 없는 법입니다. 어떻게 기가 소멸될 수 있다는
겁니까?"

스페라는 고개를 끄덕였다.

"그러니까. 당신들은 마나를 모아서 자신의 의지를 담고 그
것을 자신의 의지대로 사용하죠. 마나를 마나 그 자체로 쓸
뿐 그것을 의지로 발현시켜 사건을 발생시키지 않으니, 마나
가 세상 안에서 이런저런 모습으로 돌아다닐 뿐인 거예요."

좀 더 자세한 그 설명에 운정은 드디어 어떻게 무당산의 정
기가 그저 소멸될 수 있었는지 완전히 알 것 같았다. 중원인에
게 있어 기가 소멸했다는 뜻은 좀 더 자세히 말하면 정말 소
멸됐다는 뜻이 아니라 대자연의 기로 돌아갔다는 뜻이다.

그러니 지금까지 그는 정확하게 이해할 수 없던 것이다. 대

자연의 기의 일부분인 무당산의 정기가 소멸되었다니? 이 문제는 바로 그가 '기의 소멸'에 대해서 잘못 이해했기 때문이다.

카이랄이 말한 그 '소멸(消滅)'은 정말 그 말대로 '소(消)'와 멸(滅)'을 뜻하는 것이다.

운정이 가만히 침묵하고 있자, 스페라는 숨을 한 번 내쉬고는 말했다.

"타고난 마법사시군요? 이런 상황에 생뚱맞게 질문이나 하고."

"어차피 나에겐 공간이 무한하게 줄어든 이 속박을 벗어날 길이 없습니다. 힘으로 속박되었다면 그 힘보다 더 강한 힘을 모아 내면 되지만, 이런 식이라면… 정말 무한한 힘이 없다면 이겨 낼 수 없을 겁니다. 다시 한번 마법의 절대성을 실감하는군요."

스페라는 운정의 말을 따라 했다.

"절대성이라… 좋은 표현이네요. 그래. 중원의 무학은 지극히 상대적인 힘이죠."

운정은 순간 생각난 사실에 다급히 그녀에게 물었다.

"혹 마나가 소멸된다는 건 곧 아스트랄(Astral)로 돌아간다는 말을 들었는데, 그렇다면 진정한 의미에서 소멸은 아닌 것 아닙니까? 지금껏 아스트랄을 대자연의 이면이라 생각했는데, 그렇다면……."

스페라는 어이없다는 듯 피식 웃더니 흥미로운 눈길로 운정을 보며 그의 말을 잘랐다.

"됐어요. 아직 내 제자도 아니면서 뭘. 티타임(Teatime)에나 할 대화는 내 제자가 되고 나서 해도 늦지 않으니 본론으로 돌아가죠."

"……."

"로스부룩이 어떻게 죽었는지나 말해 줘요. 가서 장례나 치러주게."

운정은 단호한 표정을 짓더니 말했다.

"당신이 로스부룩의 스승이라는 증거가 있으십니까? 만약 없으시다면 제게 무슨 짓을 하든지 그의 행방에 관한 건 알아내실 수 없을 겁니다."

스페라는 한숨을 푹 쉬더니 말했다.

"흐음, 뭐 전 고문하고 뭐 그런 거에 제주가 없어서 막 캐내고 그런 건 못 하니, 그냥 순순히 말해 주세요. 안 되면 억지로 기억을 뜯어내야 하는데, 당신은 그걸 거부할 게 뻔하고, 그러면 그쪽 뇌가 걸레짝처럼 너덜너덜해져서 평생을 바보로 살아야 할걸요? 정보가 필요한 건 난데 죽이겠다는 협박이 통할 리도 없고. 죽이기도 아깝고."

"……."

운정이 침묵하자 스페라는 말을 돌렸다.

"그럼 그거나 물어보죠. 왜 나를 청룡궁 사람이라고 물어본 거예요? 내가 청룡궁 사람이면 알려 주겠다는 뜻?"

"그 반대입니다."

"역시. 하지만 머혼 백작의 단편적인 기억으론 잘 알 수가 없어요. 다크엘프와도 연관이 있는 것 같기도 하고 또 네크로멘시 학파와도 연관이 있는 것 같긴 한데. 흐음. 벌써 시간이 오래 지나서 복사한 머혼의 기억이 희미해지고 있잖아요. 당신이 자기 방에 며칠이고 돌아오지 않으니 그곳에서 빼올 수가 없어서… 하아, 참."

"……."

"좋아요. 그럼 내가 로스부룩의 스승이라는 것만 증명하면 되는 건가요? 그러면 그의 행방을 알려 주실 거죠?"

아직 세상 물정에 밝지 못한 운정이 보기에도 스페라는 심계 같은 건 전혀 모르는 사람 같았다. 그는 고개를 끄덕였다.

"예. 그렇게 하겠습니다."

"그러면 뭐 어떻게 증명하면 되려나? 흐음… 저기, 내가 뭘 보여 주면 믿으실래요?"

운정은 생각해 두었던 답을 내놓았다.

"그의 물건 같은 건 얼마든지 훔칠 수 있습니다. 하지만 철학은 그렇지 못합니다. 그와 깊은 관계가 아니라면 그의 독보적인 시각을 알 수 없을 겁니다. 당신은 스승이니, 저와 그의 철학에 대해서 몇 마디 논한다면 그것으로 증명하실 수 있습니다."

스페라는 고민하는 표정을 짓더니, 곧 자신 없게 말했다.

"로스부룩은 너무 자기 혼자 깊게 생각하는 경향이 있어서……. 뭐 아무튼 아예 모르진 않으니 한번 해 보죠. 물어봐요."

운정이 말했다.

"그가 생각한 미디엄의 정체가 뭡니까?"

스페라의 두 눈이 잠시 잠깐 위로 향했다가 이내 대답했다.

"지식 아닌가? 뭐, 이상하기 짝이 없는 생각이지만, 로스부룩은 그렇게 말했지요."

"그 이유도 아십니까?"

"마법사와 비마법사의 차이가 지식이기 때문이라고… 솔직히 당신이 듣기도 좀 웃기죠? 말이 안 되잖아. 반례도 너무 많고."

"……."

"뭐, 암튼 더 물어봐요. 그래도 그거 하나 생각이 나니까 이것저것 떠오르는 것이 있으니."

"그가 스스로 세운 학파의 이름은 뭡니까?"

스페라는 시익 웃었다.

"이름 아직 안 지었잖아요? 지팡이를 얻음으로 정식으로 마법을 쓰기 시작하면 그때 가서 지을 거라고 큰소리를 쳤는데. 호호. 함정 질문이군요?"

"……."

"어때요? 이 정도면 증명된 거 같은데."

"예, 좋습니다."

운정은 인정한 뒤에, 그가 겪었던 일을 말해 주었다. 스페라가 이해하지 못하는 세력 간의 관계나 무공에 관련된 이야기는 제외하고 로스부룩을 중점으로 했다.

그녀는 모든 이야기를 다 듣고 다소 심각해진 표정으로 중얼거렸다.

"욘이라… 과거 워낙 존재 자체가 흥미로워 한번 만나 볼까 해서 파인랜드 대륙을 다 뒤졌었는데, 네크로멘시 학파의 마스터였군요. 음지 중에서도 음지에 있는 네크로멘시 학파의 마스터니 찾을 수가 없었겠지. 아무튼 그럼 로스부룩을 죽인 그 고바넨이라는 자는 욘의 수하 혹은 제자로 보였는데, 욘을 죽이고는 그의 문펑거즈(Moonfingers)를 가져간 뒤, 그것으로 내 수제자를 죽였다 이 말이죠?"

그녀는 말끔하게 이야기를 정리해서 되물었다.

운정은 고개를 끄덕였다.

"그렇게 보였습니다. 실제로 욘이 죽었는지는 모르지만, 같은 계열의 마법사인 고바넨이 그의 월지를 가져가 버린 걸 보면 아마 그는 완전히 죽었을 겁니다."

스페라의 두 눈이 반쯤 감겼다.

"그럼 새로운 마스터가 되었을 수 있겠어요. 생각보다 일이 쉽지 않게 되었네. 네크로멘시 학파가 중원에 연이 닿았다는 건 알았지만, 아예 학교를 옮긴 수준이라니… 혹 제자의 시신도 그쪽으로 넘어갔나요?"

운정은 마지막 장면을 떠올렸다.

"그렇지는 않았습니다. 로스부룩의 시신은 아마 죽은 그곳에 그대로 있을 겁니다."

"그래요? 의외네. 마법사의 시체는 네크로멘서들에게 상당한 재료인데. 그래도 직접 확인해 보고 싶어요. 그 화산이라는 곳이 어디죠?"

운정은 곤란하다는 듯 대답했다.

"제게 따로 마법을 가르쳐 주신다고 약속한다면 좌표까지 가르쳐 드리겠습니다. 제겐 마법적으로 해결해야 할 문제가 있습니다."

스페라은 처음으로 진심다운 진심을 들은 것 같았다. 그녀는 한쪽 입꼬리를 올리며 물었다.

"본래부터 그걸 노렸나요?"

운정은 희미한 미소를 지으며 말했다.

"당신이 절 제자로 받고 싶다는 말을 했을 때부터 서로를 도와줄 수 있겠다는 생각을 하긴 했습니다. 저도 현재 마법을 배우고 있는 스승과 잘 맞지 않아서 말입니다."

스페라는 운정을 말없이 보다가 툭하니 말했다.

"좋아요, 약속하죠. 그럼 믿고 블러드팩(Bloodpack)을 하진 않을게요."

"원한다면 하셔도 됩니다."

그녀는 고개를 한번 흔들더니 말했다.

"당신의 몸 위로 절대죽음을 내리는 저주가 겉돌고 있는 걸 보면 마법에 이상한 내성이 있는 걸 수도 있어요. 그러니 블러드팩은 아무런 의미가 없을 가능성이 커요. 게다가 당신에게 죽음이 관계된 마법을 걸었다가, 그 저주가 내게 역으로 작용할 가능성도 있고."

운정은 그제야 왜 그녀가 그에게 마법을 쓰기를 꺼려 하고 대화로 풀려 했는지 알 것 같았다. 자칫 잘못하면 그 즉사저주가 자신에게 돌아올 수도 있다 보는 듯했다. 그리고 보면 제갈극이 저주에 대해서 잘 몰라서 그렇지 정말 위험천만한 행동을 한 것이다.

운정이 날카롭게 눈을 뜨며 말했다.

"그 말을 들으니 갑자기 저를 제자로 받고 싶다고 하는 그 말도 믿기가 어려워졌습니다. 제 주변에 겉도는 저주주문을 찬찬히 연구해 본 뒤 그것이 자신에게 해가 되지 않는다고 확인되면 다시 본심을 드러낼지 누가 압니까?"

스페라는 확 짜증 난 표정을 지으며 말했다.

"아, 그러면 나보고 어쩌라는 거예요? 나도 당신이 한 말을 완전히 믿을 순 없다고요. 그리고 내가 한 말은 다 진짜예요. 당신이 로스부룩의 죽음에 관여한 것이 아니라고 확인되면, 당신을 진짜로 제자로 삼고 싶다니까요?"

그렇게 말한 그녀는 답답한지 가슴을 콩 하고 쳤다. 그 모습을 보면 정말 진실을 말하는 것 같았지만, 그조차도 연기일 수 있다는 생각이 든 운정은 한 가지 수를 내었다.

"그러면 이렇게 하죠. 제 몸 속에 있는 마법적인 문제에 대해서 조금이라도 도움을 주신다면 저도 로스부룩이 죽은 곳의 좌표를 알려 드리겠습니다. 그러면 그곳에 가서 로스부룩을 확인하여 사건의 진상을 알아보고, 제가 관련이 없다면 절 제자로 받으시든지 하시지요."

스페라의 두 눈이 반쯤 떠졌다.

"아, 마법적인 문제라는 게 당신 몸 위에 떠도는 즉사저주를 말하는 것이 아닌가요? 마치 또 다른 문제가 있다는 것처럼 말씀하시네요."

"예. 로스부룩도 제 몸을 한번 살피더니 알아챘습니다. 그러니 당신도 제 몸을 한번 살펴보시면 알 겁니다."

"……"

"이 제안대로 해 주시지 않는다면 전 로스부룩이 어디서 죽었는지 절대로 말하지 않을 겁니다. 그에게 일어난 일을 말한 것으로 제 도리는 다한 듯하니, 그를 찾는 건 알아서 찾으십시오."

"하아."

스페라는 기가 막힌다는 듯 숨을 훅 하고 내쉬더니, 운정을 노려보았다. 표정을 보아하니, 생살여탈권을 지닌 자가 대상을 죽일지 말지 고민하는 표정과 똑같았다.

그녀는 결국 지팡이를 휙 내저었다. 그러자 운정의 몸을 속박하던 것이 마법이 풀렸다. 운정은 자유를 되찾을 것을 느끼고는 스페라에게 말했다.

"제 제안대로 할 겁니까?"

스페라가 입술 하나를 삐죽거리더니 말했다.

"일단은 믿어 줄게요. 머혼의 기억에도 그가 당신에게 호의를 가지고 있던건 분명하니까. 하지만 이후에 확인했을 때 만약 당신이 로스부룩을 죽인 사람이거나 하면 목숨은 물론이고 영혼까지 편치 못할 줄 알아요."

"좋습니다. 그럼 제 몸을 살펴보시지요."

스페라는 한숨을 내쉬더니 말했다.

"아까 봤잖아요. 하지만 모르겠으니, 두 번 펼쳐도 똑같아요. 뭘 봐야 하는지 알려 줘요, 그냥."

"로스부룩은 바로 알았습니다. 정말 로스부룩의 스승님이 맞으십니까? 그도 알아본 것을 왜 모르신다는 겁니까?"

"그야 내가 탐색마법에 관심이 없어서 그렇죠. 뭘 찾는지 알면 기본적인 탐색마법으로 찾을 수 있는데, 뭔지도 모르는 것을 찾을 정도로 탐색마법을 연습하지 않았어요."

"……."

"왜 그렇게 봐요? 아, 됐어요. 못 믿겠으면 관둬요. 진짜. 이렇게 된 이상 당신을 죽이고 알아서 찾아볼 테니까. 아, 즉사 저주가 있지? 짜증 나네. 그냥 어디 한적한 데 묻어 버릴까? 그러다가 죽으면? 그러면 원인 제공자인 나한테 여전히 발동하는 거 아니야? 아! 아! 진짜 짜증나."

운정은 그녀의 말을 믿기 어려웠다. 중원의 고수는 통상적으로 무공이 강력해지면 강력해질수록 거의 모든 부분에서 발전하게 된다. 물론 개인차가 없진 않지만, 힘, 속력, 감각, 지혜 등등 모든 것의 근본인 기를 수련하여 정신과 신체를 강화하니 이는 당연한 결과이다. 하지만 마법은 그렇지 않은 듯했다. 각각의 마법은 그 특성들이 있어, 하나에 뛰어나도 다른 것에 범인과 같을 수 있는 것이다.

그러고 보면 로스부룩이 비슷한 이야기를 했던 것 같다. 게다가 어차피 그녀가 로스부룩의 스승이라고 한번 믿었었다. 이제 와서 또 확인한다고 뭐가 달라질까?

운정은 그녀가 자신을 어디 한적한 곳에 묻어 버리기 전에, 자신의 문제를 털어놓았다.

"패밀리어가 둘입니다."

짜증이 가득했던 스페라의 얼굴에 확 생기가 돌았다.

"패밀리어가… 둘?"

운정은 고개를 끄덕였다.

"마법을 배우면서 많은 것이 어려웠지만 그래도 가장 확실해지는 사실 중 하나는 지금 제 상태가 굉장히 위험하다는 것입니다."

스페라는 운정이 말하는 동안에도 놀라움을 감출 수 없었는지, 한동안 괴물을 보는 것처럼 운정을 보았다. 그녀는 곧 왼쪽 눈을 감고 그곳에 지팡이를 대고는 마법을 시전했다.

[스피리추얼 비전(Spiritual vision).]

스페라의 왼쪽 눈 위로 금빛이 감돌았다. 그녀는 왼쪽 눈을 뜨고 운정을 보았는데, 곧 그 금빛은 먼지가 바람에 날리듯 사라졌다.

그녀가 멍한 표정을 지으며 나지막하게 말했다.

"Unbelievable."

운정이 말했다.

"로스부룩의 말에 의하면 당신 한 명이 한 나라의 무력을 책임진다고 하는데, 그 정도의 고수라면 제 문제의 해결책도 알지 않을까 합니다."

곧 이성을 되찾은 그녀는 놀란 입을 가리며 말했다.

"무력이야, 내가 관심 있는 마법이 다 싸움질하는 거니까 그런 거고요. 이런 문제는 오히려 로스부룩이 더 잘 알지요. 흐음, 그런데 이건 진짜 놀랄 수밖에 없네요. 선착(先着)의 법칙은 마법이 처음 발견되었을 때부터 지금까지 단 한 번도 깨진 사례가 없어요. 그건 범학파적인 진리로 우주의 절대법칙과도 같은 건데 이런 반례가 있을 줄이야… 이 현상을 설명할 수 있는 학설은 어디에도 존재하지 않을 걸요?"

운정의 표정이 안 좋아졌다.

"그 정도로 좋지 않은 겁니까?"

스페라는 고개를 몇 번이고 끄덕였다.

"마법은 불가능을 가능케 하는 학문이에요. 마법사라는 자들은 하나같이 불가능에 도전하는 자들이고요. 그러니 그들이 두 개 이상의 패밀리어를 얻으려는 시도를 안 했겠어요? 패밀리어를 두 개 이상 얻으려는 시도 중에는 인간의 상상을 초월하는 것들도 많아요. 관련 서적을 읽는 것만으로도 광인이 될 만한 금단의 시도들도 있어 왔죠. 하지만 지금까지 그 법칙만은 깨진 적이 없어요."

스페라가 그리 흥분해서 말하는 것을 보면 그녀 본인도 관심이 많은 듯싶었다.

운정은 나지막하게 물었다.

"그럼 해결책은?"

스페라는 그의 말을 잘라 버렸다.

"당연히 없죠. 애초에 발생되지 않는 문제, 아니, 발생될 수 없는 문제에 대해서 어떻게 해결책을 찾을 수 있겠어요. 와, 진짜 이건."

"……."

"일단 당신은 내 제자 해요. 그건 확정이야. 그리고 나랑 같이 파인랜드로 넘어가서 내가 관련 분야의 최고 권위자를 소개시켜 줄게요. 무조건 나와 함께 가요. 와, 로스부룩은 이런 중요한 사실을 말하지 않은 거지? 지 혼자 독점하려고 했나? 괘씸하네."

갑자기 두 배 이상 말이 빨라진 스페라를 보며 운정은 무슨 표정을 지어야 할지 몰랐다.

그가 말했다.

"우선 로스부룩의 시신을 찾는 것이 먼저 아닙니까?"

"이렇게 된 이상 딱히……."

"……."

"아하하, 차, 찾긴 찾아야죠. 그럼요, 나름 수제자였는데. 좋아요. 일단 그를 찾아서 장례를 치러야 하긴 하지요. 머혼 백작도 그를 각별하게 생각했으니까. 그럼 좌표는 주는 거죠?"

"예. 좌표는 제 친우가 가지고 있습니다. 나중에 시간이 되실 때 제 친우와 함께 찾아 뵙도록 하겠습니다. 머혼을 찾아가면 되겠지요. 문제는 천마신교에서 감시할 것이 뻔하다는 점인데……."

"그건 걱정 마세요. 환상마법은 도가 텄으니까. 교주와 태학공자의 그 요상한 눈도 속인 것 같으니, 중원에서 내 환상마법을 꿰뚫어볼 수 있는 사람은 없을 거예요. 로스부룩이 무너진 동굴 속에 있다고 했나요? 그런 곳에서 그의 시신을 찾으려면 관련 마법들을 좀 연습해야 할 것 같은데, 생각만큼 쉽지 않겠어요."

"예. 또 다른 문제는 그곳은 화산파라는 무림방파의 땅이기도 합니다. 그들과 이미 척을 진 사이니, 발각되면 전투를 벌여야 할 겁니다."

스페라는 조금 고민하더니 말했다.

"마나가 충만한 이 중원의 환경에도 적응해야겠고, 또 무너진 동굴 속에서 그를 구하는 것과 더불어 은닉마법도 써야 하고 하니… 공부가 불가능하진 않지만 적어도 닷새는 필요하겠군요. 닷새, 그 뒤에 봐요."

운정은 고개를 끄덕이더니 말했다.

"좋습니다. 그럼 그때 보겠습니다."

스페라는 왼손으로 운정을 한번 가리키더니 말했다.

"이제 와서 이런 말 하긴 좀 그렇지만, 혹시라도 이 일이나 제 정체에 대해서 누구에게도 말하지 마세요. 전 절 배신한 사람을 지금까지 살려 준 적이 없으니까."

운정은 지지 않고 말했다.

"알겠습니다. 저 또한 이유 없이 적을 만들진 않습니다. 다소 거친 행동들을 제게 하셨지만, 제자의 죽음에 관여된 것이니 이해하고 넘어가겠습니다."

"……."

"그럼 보내 주시지요."

스페라는 잠시 말없이 그를 보다가 곧 지팡이를 흔들며 마법을 시전했다.

[텔레포트(Teleport).]

운정과 소청아가 사라지자, 스페라는 그들이 사라진 그 공간을 바라보며 나지막하게 말했다.

"처음부터 끝까지… 묘한 자신감이 있었어. 뭘까? 절대로 허세는 아닌데. 단지 그 저주주문 때문일까? 흐음, 모르겠어. 하지만 섣불리 행동해서는 안 되는 종류의 사람이야. 내 본능이 그렇게 말하고 있어."

그렇게 중얼거린 그녀는 그렇게 꽤 오랫동안 생각에 빠져 있었다.

第三十章

머혼은 또다시 꿈을 꾸었다. 일생일대의 도박을 걸었던 그 날은 전으로는 걱정으로, 후로는 속앓이로, 얼마나 마음을 썼는지 몇십 년이 지난 지금까지도 빈번히 꿈을 꿀 정도였다.

파인랜드 최강국인 '제국(The Empire)'.

제국이란 단어를 아예 국호로 삼은 제국은 처음 건국되었을 때부터 앞으로 파인랜드의 유일한 제국이 되리라는 선포를 그 국호에 담고 있었다. 그리고 그 선포는 하나의 축복이 되었는지 천 년이 지난 지금까지도 파인랜드의 유일한 제국으로 남아 있었다. 때문에 제국은 또 다른 이름인 천년제국(The

Millennium Empire)으로 더 잘 알려져 있었다.

그런데 왕국에 불과한 델라이의 백작이 천년제국의 대공 부인을 죽였다?

뿐만 아니라 그 일가족을 몰살하고 저택을 모두 불태웠다?

그가 아무리 한때 제국 대공의 상속자였다고 해도, 직위가 델라이의 백작인 이상, 이는 전쟁 선포나 다름없었다. 제국의 신하 중 구 할 이상은 전쟁을 해야 한다고 했고, 주변 다른 왕국 중 구 할 이상에선 병력을 지원한다고 했다.

천년제국의 황제가 마음만 먹었더라면 파인랜드의 모든 왕에게 힘을 지원받아 델라이는 흔적도 없이 사라졌을 것이다. 하지만 황제는 우선 이야기를 들어 보자며, 델라이 왕에게 머혼을 황궁에 초대한다는 서신을 전달했다. 델라이 왕은 머혼을 아껴 가지 말라고 했으나, 머혼은 자신이 잘 처리하겠다며 혈혈단신으로 황궁에 오고야 말았다.

머혼은 천 년 전에 지어져 단 한 번도 함락된 적이 없다는 그 위대한 황궁을 잘 알았다. 그가 아직 대공의 상속자 신분일 때는 아예 황궁에 기거하며 황자들과 같은 교육을 받으며 지냈기 때문이다. 그에게는 본가보다 더욱 집 같은 곳이었다.

하지만 그날의 황궁은 너무나 낯설기 그지없었다. 델라이 왕국의 사신으로서 대공의 상속자일 때보다 더한 접대를 받았지만, 그렇다고 대공 부인과 그 자식을 포함 도합 삼백여 명이 넘어가는 사람들을 하룻밤에 모두 불태운 그를 고운 시선으로 볼 리 없었다. 그를 원래부터 알았던 귀족들도, 몰랐던 귀족들도 하나같이 괴물을 보듯 했다.

결국 수많은 귀족들이 모인 대전에 선 머혼은 항상 친형처럼 생각했던 제국의 황제를 올려다보았다. 황제는 황태자였을 때 대공의 상속자였던 머혼와 죽이 잘 맞아 인간이 상상할 수 있는 말썽이란 말썽을 모조리 피우며 어린 시절을 같이 보냈었다. 머혼이 보기에도 당시 황제는 개구쟁이가 따로 없었는데, 황좌에 앉은 그 모습을 보니 그때의 모습은 어디 갔는지 도통 찾아볼 수가 없었다.

하지만 눈빛만은 전과 똑같았다.

자신을 친동생처럼 생각하는 눈빛.

대전에 존재하는 모든 귀족과는 다른 따스한 눈빛이었다.

사실 웃기는 것이 머혼과 황제는 자기 친형제들을 형제처럼 생각할 수 없었다. 황제나 대공이라는 자리는 자식 중 단한 명만 물려받는 것이기 때문에, 혈육 간의 암투가 필연적으로 따라오기 때문이다. 하지만 황태자와 대공의 상속자는 서로 유산 문제로 싸울 일도 없었고, 서로가 서로를 도와서 황제와 대공이 되는 연합 전선을 꾀할 수도 있었으니, 오히려 친형제보다 가까울 수 있었다.

물론 그보다 서로 죽이 잘 맞은 게 컸지만.

그런 황제의 눈빛을 본 머혼은 그 순간까지도 정하지 못했던 마음을 굳건히 했다. 형제에게 주는 것이라면 아깝지 않았기 때문이다.

"그날은 머혼 가문의 가장 중요한 날이기에, 당시 저택에 머혼 성을 쓰는 모든 이들이 있었습니다. 다시 말하면 이제 세상에 머혼 성을 가진 사람은 저뿐이라는 것이죠. 하지만 전 이미 델라이 왕국에 투신한 몸. 제국의 공작령을 관리한다는 건 얼토당토않은 일이니 그 모든 권리를 황가에 양도하겠습니다."

머혼의 과감한 선포에 모든 이들은 놀랄 수밖에 없었다. 머혼 가문이 수백 년간 지배한 머혼 공작령은 크기 자체만으로도 델라이 왕궁보다도 크고, 또 유서 깊은 역사를 지녀 정당성에서도 밀리지 않았다. 때문에 그가 델라이 왕궁에 투신한 것을 보고, 델라이 왕국과 '연합'한 것이라고 생각하는 귀족들도 많았었다. 그런데, 그 모든 것을 포기한다니?

황제는 그 즉시 그 제안을 받아들이고, 그에게 세상에 다시 없을 큰 연회를 베풀었다. 그는 주변 수많은 왕국의 왕들과 유력 가문의 귀족들을 모두 초청해서, 열흘이 넘어가는 시간 동안 전쟁을 막은 그를 칭송했다.

그뿐이랴? 제국에서 가장 아름답기로 소문한 아시리스 황녀와 혼약을 맺기로 했다. 그 이면에는 황제가 머혼가와 혈연 관계가 된다면 영지를 양도받는 것에 더욱 명목이 선다는 이유가 있었다.

황제의 배다른 동생이었던 아시리스 황녀는 어찌된 영문인지 순순히 머혼 백작과의 정략결혼을 받아들였다. 사실 머혼은 힘든 시절 자신을 믿어 주고 지탱해 준 본부인을 생각해 한사코 거절하려 했지만, 아시리스 황녀를 눈으로 직접 보고는 그 미모에 압도되어 자기도 모르게 승낙해 버렸다.

머혼이 세상에서 제일 아름답고, 고귀한 신분을 지닌 젊디젊은 여자를 데려오자, 그의 본부인은 그날로 그의 아기와 함께 대문을 박차고 나가 버렸다. 이후 백작 부인이 된 아시리스는 아쉽게도 아들을 낳지 못했고, 머혼은 그의 가문에 남자가 귀하다는 아버지의 말을 제대로 실감할 수 있었다.

그리고 오랜 시간이 흐른 후, 길거리 생활에 완전히 적응하지 못해 병을 얻은 본부인은 죽음에 이르게 돼서야 유서로 아들에게 출생의 비밀을 알려 주었다. 아들은 성인이 된 채 머혼을 찾아왔는데, 아들이 없었던 그는 아시리스의 강력한 반대에도 불구하고 그를 아들로 받아 줄 뿐 아니라 상속자로 공표했다. 본부인에 대한 죄책감이 한몫한 것이다.

그러나 그가 아무리 엄한 교육을 해도, 거리에서 자라며 몸에 밴 아들의 천한 속성은 빠질 기미가 보이질 않았다. 오히려 갑작스레 상승한 신분으로 이곳저곳에서 양아치 짓이나 하고 다녔다. 머혼은 몇 번이고 그를 내치려고 했지만, 거리에서 비참하게 죽은 그의 어머니에 대한 죄책감을 이길 수 없어, 용서에 용서를 거듭했다. 그러자 이제 그의 아들은 머혼의 눈치조차 보지 않고 서슴없이 망나니처럼 굴었다.

상속자가 그런 모습을 보이니, 아시리스의 소생인 머혼의 딸들이 상속자의 자리를 슬슬 탐내기 시작했다. 아버지의 기사들과 책사들을 하나둘씩 포섭해 나가며 암중에 자신의 세력을 불리기 시작한 것이다. 머혼은 그의 자식들끼리 서로 피볼 날도 멀지 않았다는 것을 직감적으로 느끼고 있었다.

그래서 머혼은 죽을 수 없다. 그가 죽는 날은 곧 그의 아들과 딸들이 서로를 죽이는 날이 될 것임이 자명함으로. 그럼에도 불구하고 그가 위험한 중원으로 넘어간 것은 그 개차반이 된 집안 사정을 두 눈으로 보고 싶지도 않았기 때문이다. 그 정도로 그는 집안일에 시달리다 못해 차라리 그냥 죽고 싶을 지경이었다.

못 죽기 때문에 죽고 싶다니? 이게 무슨 개똥같은 소리인가?

꿈은 걱정이 되었고 걱정은 고통이 되었다.

그는 그의 침상에서 눈을 번쩍 떴다. 옆으로 보니 중년에 나이에도 천상의 미모를 유지하고 있는 아시리스 공주가 고운 자태로 자고 있었다. 자고 있는 그 순간조차 흐트러짐이 없는 그녀의 모습을 보며 머혼은 혀를 내둘렀다. 처음 몇 년간은 존경심을 느꼈지만, 지금은 두려움만 느끼고 있었다.

그는 몸을 일으켜 주변을 보았다. 고급스럽기 짝이 없는 가구들과 미술품들이 방 안 곳곳에서 보였다. 모두 그의 소유이지만, 도대체 얼마나 되는지 본인도 알 수 없었다. 가구와 미술품들은 그 구도 하나하나에서부터 조화가 일어나 서로의 아름다움을 증폭시켜, 방 전체가 하나의 또 다른 작품을 만들어 내고 있었다.

머혼은 그 완벽한 조화를 보며 예술의 즐거움 따위는 전혀 느끼지 못했다. 대신 깐깐하기 그지없는 아시리스의 요구에 의해서 죽어나갔을 하인들의 피와 땀이 생각나 우울해졌다. 동병상련이라.

침실은 분명 그의 방이기도 했지만 다른 사람의 방인 것처럼 너무나 불편했다. 차라리 중원의 허름한 여관에서 일어날 때가 더 상쾌했던 것 같다.

그는 묵직한 머리를 들고 일어나더니, 침상에 걸터앉아 한숨을 쉬기 위해 크게 숨을 들이마셨다.

뿌욱─!

나와야 할 한숨은 나오지 않고, 방귀가 나왔다. 순간 얼굴이 핼쑥해진 그는 긴장한 표정으로 옆을 돌아 아시리스의 눈치를 살폈다. 아시리스가 가만히 있자 그의 표정이 점차 풀렸는데, 갑자기 그녀가 획 하고 돌아누웠다.

그는 말을 더듬으며 사과했다.

"미, 미안하오. 소, 속이 더부룩했나 보오."

아시리스는 눈을 감은 채 또박또박한 발음으로 말했다.

"그럼 어서 화장실에나 가지 왜 그렇게 앉아 있어요?"

"아, 알았소."

"나가면서 하녀에게 환기하라고 하세요."

머혼은 머쓱한 표정을 짓더니 침상에서 얼른 일어났다. 그리고 방문을 나섰다.

방문에는 그를 지키고 있는 기사 둘이 있었다. 그는 하녀를 불러다가 환기하라는 말을 전하고는 화장실로 급히 뛰어가 바지를 내리고 변기 위에 앉았다.

그렇게 오랫동안 용을 쓰자, 배 안이 시원해졌다. 온몸에 힘이 다 빠지는 것 같은 무력감을 느끼며 그가 중얼거렸다.

"중원의 채식이 좋긴 좋아. 온 지 얼마나 됐다고, 딱딱해져서는… 하아."

그때 갑자기 화장실 밖에서 대기하던 기사 한명이 말했다.

"백작님, 이대로라면 약속 시간에 늦으실 듯합니다."

머혼은 한숨을 푹 쉬더니, 화장실에서 일어났다.

"알았다. 알았어. 간다, 가."

그렇게 말한 그의 두 어깨는 축 처졌다.

이후 하녀의 도움을 받아 몸을 씻고, 옷을 입고, 치장을 하고, 마차를 타고, 밖으로 나갈 때까지, 정신없는 아침이 지나갔다. 그는 중원에서 아침마다 마시던 차가 도저히 머리에서 떠나지 않아, 몇 초마다 한 번씩 한탄이 섞인 한숨을 내쉬어야 했다. 우유 따위와는 비교도 할 수 없는 그 깔끔한 맛이 너무나 그리워졌다.

침울해진 그를 태운 마차가 대저택의 정문을 막 나서는데, 먼저 안으로 들어오는 무리가 있었다. 대여섯의 철갑기병들로, 말까지 감싸는 은빛 갑옷과 사람 키만 한 스피어(Spear)가 돋보였다.

머혼은 창문을 슬쩍 열어 밖을 보았다. 그러자 철갑기병 중 한 명이 그를 발견하고 그의 앞으로 왔다. 스피어를 말안장에 꽂아놓고는 투구를 벗었는데, 아름답기 그지없는 금발 여인의 얼굴이 나타났다. 땀에 젖은 머릿결이 매혹적이었다.

"아빠, 안녕? 아침부터 어디 가?"

머혼은 그 허리까지 내려오는 금발을 볼 때마다, 제국 황제에게 처음 아시리스 공주를 소개받았던 그날이 떠올랐다. 그 정도로 그의 둘째 딸은 젊은 날의 아시리스 공주를 똑 빼닮았다.

하지만 그녀가 입은 은빛으로 빛나는 갑주와, 그 위에 묻은 핏자국을 보면 그의 아버지 머혼 대공이 떠올랐다.

머혼은 얼굴을 찡그리며 말했다.

"왕이 불러서. 그나저나 아시르, 넌 또 밤새 뭘 했기에 온몸이 피투성이냐?"

그의 이녀(三女) 아시르는 자신의 금발을 모아 머리띠로 묶으면서 말했다.

"사냥. 알잖아. 킬튼 마을인가? 거기서 산짐승들이 갑자기 많아졌다고 토벌 요구를 해 와서."

머혼의 두 눈이 반쯤 감겼다.

"그니까 그걸 네가 왜 가?"

"재밌잖아? 나중에 아빠 죽으면 오라버니하고 언니하고 피 튀기는 전쟁을 해야 하는데, 그거 연습 겸 갔다 왔지."

"……."

"그런 얼굴로 쳐다보지 마. 아빠도 할아버지 죽고 나서 삼촌 고모들 홀라당 불태워 죽였다며? 아니, 아예 저택을 불태웠다고 했지. 때문에 명절이 되면 우리 집만큼 쓸쓸한 데도 없어. 하인들도 다 자기 가족들 보러 가는데 우리 가족만 뭐 하는 것도 없고 똑같잖아? 누가 가족을 다 죽여 놔서 그렇지 뭐. 그렇다고 어머니 쪽은 제국 황가니 뭐……."

할 말이 없어져 버린 머혼은 말을 돌렸다.

"그나저나 네 갑옷에 묻은 피. 사람 피 아니야? 도대체 뭘 토벌한 거니?"

아시르는 화사하게 웃더니 말했다.

"우와, 역시 아빠. 대단해. 피만 봐도 사람인지 짐승인지 알아? 역시 아빠는 못 따라가겠어."

"……."

"원래는 산짐승을 토벌하려 했는데, 도중에 산적들도 많더라고. 이왕 하는 김에 다 몰아서 했어. 영지 내 살인 허가는 아빠한테 직접 받아야 하는 걸로 아는데, 나 괜찮지?"

"허가란 건 먼저 받고 하는 거지 그렇게 저질러 놓고 받는 게 아냐."

"그러는 아빠는 죽은 할아버지 허가받고 저택에 불 질렀어?"

"……."

"암튼, 나 피곤하니까 문서는 내일 작성할게. 아침까지 올릴 테니까 도장이나 찍어 줘. 날짜는 적당히 속일게. 알았지?"

머혼은 고개를 흔들면서 더 대화하는 것을 포기하곤 그녀의 뒤쪽으로 슬쩍 시선을 던졌다. 그곳에는 머혼의 기사들 몇몇이 서 있었는데, 아시르와 함께 토벌에 참가한 자들 같았다. 그들도 머혼을 알아봤는지 모두 투구를 벗고 일렬로 예를 갖추고 있었는데, 머혼은 그들 중 나이가 많은 기사에게 말했다.

"야, 고폰. 워메이지(Warmage) 하나 없이 함부로 사람과 싸워? 그러다가 하나 만나면 어쩌려고?"

고폰이라 불린 노기사는 말에서 내린 뒤, 머혼 앞으로 와서 공손히 말했다.

"일개 산적입니다. 워메이지가 있을 리 없습니다."

"전장에선 뭐든 단정 지으면 거기서 끝인 거 몰라?"

고폰은 아시르를 한번 흘겨보더니 말했다.

"만약 있었다 할지라도, 레이디 아시르께서 충분히 감당하실 수 있었을 겁니다. 틈틈이 전투 관련 마법을 익히고 계시니, 때가 되면 오히려 저희가 의지하면 했지, 저희가 보호하실 분이 아니게 될 겁니다."

"야, 그걸 말이라고 하냐?"

"너무 걱정이 크십니다, 로드 머혼. 레이디 아시르께서는 이미 충분히 전투 경험이 있기에 산적 정도는 무리가 아닙니다. 이번 기회에 경험을 쌓아서……."

머혼은 그 말을 잘랐다.

"경험을 쌓아서 뭐? 내 아들내미랑 딸내미들 더 잘 죽이라고?"

"……."

"야, 고폰. 너 줄 잘 잡은 거 확실해? 미모에 혹해서 썩은 줄

못 알아보는 거 아니냐?"

그 말에 아시르는 발끈하며 말했다.

"아, 아빠! 그럼 아빠는 내가 썩은 줄이라는 거야?"

머혼은 고개를 마구 흔들더니 나지막하게 말했다.

"하아, 고폰 너까지 누구 하나한테 붙어먹을 줄은 몰랐다."

고폰은 그의 모욕적인 언사에 얼굴을 조금 찡그렸지만 곧 무덤덤해 보이는 표정으로 말했다.

"로드 한슨께서는 백작이 될 능력이 없으십니다. 그리고 레이디 시아스께서는 속이 좁고 잔인하십니다. 레이디 아이시리스께서는 너무 어리십니다. 답은 정해졌습니다. 백작님도 다 아시지 않습니까?"

머혼은 피식 웃더니 손을 휙휙 내저으며 말했다.

"나라고 뭐 형제자매 중 가장 우수해서 살아남은 줄 아냐? 싸움은 말이지, 자고로 선공이야, 선공. 알아? 서로 눈치 보면서 못 넘고 있는 선을 가장 먼저 넘는 놈이 이기는 거라고."

"……"

"……"

"입으로는 서로 죽이겠다 어쩌겠다 하지만 정작 니들 중에 자기 형제자매에게 칼을 들이밀 수 있는 사람이 있는 것 같냐? 응? 이런 거대한 온실 속에서 자란 연놈들이 무슨. 첫째 딸래미가 잔인해? 아랫것들을 막 대해서? 그게 잔인한 거면 나나 우리 아버지는… 됐다. 말을 말지. 그 애는 그냥 관심 받고 싶은 거뿐이야. 지 엄마가 지랑 똑 닮은 얘만 좋아하니까."

"……"

"……"

"아시르, 두 번째, 그것도 여자인 네가 내 상속자가 되고 싶다고? 그럼 내가 왕을 뵙고 돌아오기 전까지 네 형제자매를 모조리 죽여라. 그러면 돼. 간단하지?"

"……"

"……"

머혼은 마차 앞을 펑펑 차더니 말했다.

"야! 로튼, 출발해! 늦겠다, 야. 그럼 난 간다."

그는 탁 하고 창문을 닫았고, 그가 탄 마차는 백작의 대저택에서 나왔다. 그의 마차가 언덕 끝으로 사라질 때까지, 아시스는 정문에 서서 아버지의 뒤를 바라보았다.

그렇게 한적한 길가까지 나오자, 말을 몰던 로튼이 앞 창문을 열고는 안에 있는 머혼에게 말했다.

"백작님, 그러다가 정말로 칼부림이 나면 어쩌려고 그러십니까?"

머혼은 가소롭다는 듯이 웃었다.

"내가 시퍼렇게 살아 있는데 감히 그럴 순 없지. 그리고 아시르는 좀 독해져야 해. 겉으로만 저러지 속은 완전 착해서, 그냥 타고나기를 선해 걔는. 보란 듯이 갑옷에 피 묻히고 돌아온 거 봐. 왜 그러겠어? 한번 어떻게든 세 보이려고 발악을 해요, 아주."

"그렇게 말하는 것을 보면 백작님도 레이디 아시르를 마음에 두셨군요."

머혼은 눈을 딱 하고 감더니 말했다.

"내가 누굴 마음에 둔 게 무슨 소용이야. 지들끼리 알아서 판가름 내야지. 내가 하나를 밀어준다고 그게 될 일이야? 그랬다가 다른 셋이 연합해서 오히려 역풍이나 안 맞음 다행이지. 나까지 칼 맞고 뒈질걸? 자고로 자식 일은 중립을 지키는 게 부모의 도리지, 암."

"……"

"어차피 유력한 가문에선 피비린내가 나게 마련이야. 넷 중에 둘 정도만 살아도 괜찮다고 봐. 많이 안 바라고, 그냥 명절에 나처럼 심심하지만 않으면 되지 뭐. 그나저나, 넌 어쩌게? 넌 계속 줄 안 타고 나한테만 충성하게?"

로튼은 빙그레 웃음을 지으며 말했다.

"백작께서 살아 있는 동안에는 다른 생각 없습니다. 어차피 그때까지 제가 살아 있을지도 모르겠고, 또 전 고푼처럼 처자식이 있는 것도 아닙니다. 굳이 미래를 생각할 것도 없는 제가 누구한테 더 빌붙고 해서 뭐 하겠습니까? 백작님께 한 기사의 맹세만 지키면 그만입니다."

머혼은 갑자기 앞으로 몸을 기울이며 창문으로 얼굴을 빼꼼 내밀었다. 묵묵히 마차를 모는 로튼의 안색을 살피면서 재밌다는 듯 물었다.

"그래도 넌 내 기사 중 제일이니, 애들이 가만히 있지 않았을 텐데? 누가 접촉했냐?"

"전부 다요."

"뭐? 전부?"

"예. 네 분 다 접촉하셨습니다. 제가 다 단호히 거절했지만요."

머혼은 한쪽 입꼬리를 올렸다. 그러나 곧 안색이 굳으면서 다시 말했다.

"잠깐, 네 명 다? 아이시리스도? 걔도 접촉을 했다고?"

"예."

"뭔 개 소리야. 이제 열두 살인데."

"열한 살입니다. 자기 자식 나이 정도는⋯⋯."

머혼은 그 말을 끊었다.

"아니, 아니, 어쨌든. 그 애도 네게 접촉했어? 설마 부인이 걔를 앞세워서 그런 건 아니고?"

"아닙니다. 마담 아시리스께서는 레이디 아시스를 제외하면 자식보다 예술품에 더 관심 많으신 것 아시잖습니까? 그분께 선 권력에도 관심이 없으십니다. 다만 노후에도 그 값비싼 취미 생활을 충분히 즐길 수 있도록 후원해 줄 수 있는 능력 있는 자식이 상속자가 되면 그만이지요."

"너, 은근히 내 아내 돌려 깐다?"

"그렇게 들렸다면 죄송합니다, 백작님."

머혼은 우선 기분 나쁜 건 묻어 두고, 자신의 귀여운 막내에게 누가 줄을 댔는지 너무 궁금해져 묻지 않을 수 없었다.

"아무튼, 그래서. 사랑스러운 아이시리스는 누굴 통해서 네게 접촉했는데?"

"직접 하셨습니다."

"직접?"

"네. 새벽에 검술 훈련을 마치고 숙소에 돌아갔는데, 절 기다리고 계시더군요. 무려 제 침상에 걸터앉아 계셨습니다. 자기가 상속자가 되려고 하는데 힘을 보태 달라고 하셨습니다."

"……."

"그 와중에도 레이디 아이시리스께서 항상 아끼시는 토끼 인형을 손에 쥐고 계신 것이 퍽 인상 깊었습니다만, 어쨌든 저는 누구의 편을 서지 않을 거라고 단번에 거절했습니다. 그랬더니, 또 한 번 찾아오겠다고 말씀하시고는 방을 나가셨죠. 뭐, 이후에 오지 않으셨습니다만."

"진짜야?"

"한 치의 거짓도 없는 진실입니다."

"와… 하긴 걔가 천재 소리를 듣긴 들었지. 그런데 상속자가 될 생각을 하고 있다니."

"그분들의 아버지와 어머니가 누군지 생각해 보십시오. 다들 비범하기 짝이 없습니다, 사실."

"그럼 한슨은? 내 전 부인이 못났다 그 말이냐?"

"……."

머혼의 말에 입을 다문 로튼은 더 이상 말을 보탤 기색이 없어 보였다. 어린 시절부터 머혼을 보필한 로튼은 머혼에게 그 누구도 감히 하지 못할 쓴소리나 심한 농담도 서슴없이 했다. 하지만 그런 그도 머혼의 가장 아픈 부분은 언급하려 하지 않았다.

어색해진 분위기에 머혼이 피식 웃으며 말했다.

"다들 재능을 타고난 것도 있지만, 아시리스가 교육 하나는 철저하게 해서 그래. 아무리 차가운 여자라도 어머니로서는 누구에게도 뒤지지 않지."

"그렇습니다. 그토록 ·예술을 사랑하시는 분이니 본인의 예술 작품을 불완벽하게 놔둘 리가 없지 않습니까?"

"……."

"……."

"야!"

"죄송합니다."

"너 내 아내한테 뭐 있냐? 응? 말해 봐. 뭐가 그리 아니꼬워서 그래?"

"죄송합니다."

"말해 보라니까, 남자 대 남자로."

"죄송합니다."

머혼은 창문으로 손을 뻗어서 로튼의 머리를 한 번 툭 치고는 다시 자세를 편하게 했다.

그는 문득 궁금해졌다.

"중립이라니까 묻는데, 넌 누가 될 것 같냐?"

로튼은 무표정하게 헝클어진 머리를 가다듬으며 말을 몰았다.

"아시면서 묻습니까."

"누구? 아시스?"

"백작님도 그렇게 생각하시니까 아직까지도 레이디 아시스의 정혼자를 정해 주시지 않은 것 아닙니까? 수많은 왕가와 귀족들이 그리 청혼을 하는데도."

"장녀가 남았잖아, 장녀가. 걔를 먼저 정해 줘야지."

"레이디 시아스께서는 파인랜드 역사에 길이 남을 독특한 사교계 데뷔를 하셨기 때문에 아마 이번 생에 청혼을 받기는 어려우실 겁니다."

"그게 꼭 그 애 잘못인가? 그 애는 그저 사람이 조금 두려웠던 거야. 게다가 그날 괜히 욕심내서 허리를 졸라매서 그래. 듣자하니 잘 보이고 싶었던 사람이 있다 했는데. 뭐, 여러 가지 이유가 겹쳐서 그런 참담한 일이 일어난 거지, 걔는 그리 큰 잘못 없어."

"아무리 그렇다고 해도 어떻게 파티 중에 소변을 지릴 수가 있습니까?"

머혼은 버럭 소리를 질렀다.

"아 글쎄! 어린 시절 동안 연모하던 사람을 다 커서 처음으로 딱 하고 봤는데, 어? 급해 죽겠는데, 갑자기 다가와서 자기한테 말을 걸었다잖아? 파인랜드에서 가장 잘생긴 걸로 유명한 놈이니까, 얼굴만 봐도 온몸에 힘이 쫙 빠지지 않겠어? 그런 놈이 먼저 와서 말을 걸어 봐. 그러면 어? 그, 그런 일이 일어날 수도 있지……. 참 나, 다들 속이 좁아서. 아무리 그랬다고 해도 몇 년이나 지난 일인데, 청혼장 하나 없어. 한참 혼기인데."

"백작님은 그럼 파티에서 소변을 지린 사내자식과 레이디 아시스를 결혼시키실 수 있습니까?"

"뭐? 야! 말이면 단 줄 알아? 그리고 그 말투는 뭐냐?"

그들이 그렇게 티격태격거리는 동안 어느새 시간이 흘러,

마차가 델라이의 왕궁에 도착했다.

이미 상당히 늦었기에, 그는 빠른 걸음으로 왕이 기다리는 서재로 걸어갔다. 왕궁에 공간이동을 방해하는 마법진만 없었어도, 마법사 하나를 시켜서 공간마법을 펼쳤을 것이다.

쿵.

그가 서재 문을 열고 들어가자, 의자에 앉아 있던 델라이의 왕, 델라이가 그를 돌아봤다.

"늦었군."

지름 50m의 원통형으로 되어 있는 서재는 하늘까지 닿을 듯한 높은 유리 천장을 가지고 있었다. 그리고 그 모든 벽면에는 수백만 권이 넘어가는 책들이 꽂혀 있었는데, 아래 마법진이 그려져 있는 것을 제외하면 책들을 꺼낼 수 있는 기구가 전혀 없었다.

그리고 바닥에는 소용돌이처럼 생긴 책상이 세 결로 중심에서부터 원을 그리듯 뻗어 있었다. 델라이는 그중 한 결의 끝에 앉아 있었는데, 그의 앞에 책 하나가 펼쳐져 있었다.

그는 오른쪽 팔을 옆으로 뻗고 있었고, 그곳에는 두건을 쓴 세 명의 마법사들이 그의 팔을 잡고 마법을 영창하고 있었다. 검은 두건 아래로 보이는 얼굴 위엔 괴상한 문신이 가득했는데, 한눈에 보아도 그리 선한 자들로 보이지 않았다.

머혼은 궁중 예법을 따라 인사했다.

"델라이 전하, 신 머혼이 인사 올립니다."

델라이는 왼손을 내저으며 말했다.

"편하게 말해. 어차피 이 마법사들이야 우리 관계를 다 알고 있으니까."

머혼은 침을 한번 삼키더니 델라이에게 가까이 다가갔다. 그리고 세 명의 마법사가 주문을 외고 있는 것을 보며 말했다.

"갱신은 잘되고 있습니까?"

델라이는 고개를 끄덕였다.

"아슬아슬했지 뭐야. 2시간 남겨 놓고 갱신하는 중이야. 하마터면 저주 효과가 사라질까 봐, 자네가 참석하지 않은 채 시작했네. 이걸로 문제 삼지 않았으면 좋겠어. 어쨌든 자네가 늦은 거 아닌가? 뭐, 애초 잘못은 스페라 백작이 했지만."

머혼은 고개를 끄덕이며 말했다.

"그럴 리가요. 잘하셨습니다. 제가 빨리 왔어야 하는데, 오는 길에 오랜만에 둘째 딸애를 만나서……."

"아, 아시르?"

델라이의 눈동자가 조금 커졌다. 머혼은 헛기침을 하며 말했다.

"예. 예."

"그래, 내게도 그런 딸이 있었으면 좋았겠어."

"······."

"······."

머혼은 어색해진 분위기에 몸 둘 바를 몰랐다. 아시르의 미모는 델라이를 넘어서 파인랜드 전역에 유명하니, 중년의 왕이라도 체면을 무릅쓰고 탐낼 만했기 때문이다. 다만 머혼의 눈치가 보여서 지금껏 말도 못 해 보았고, 그것을 머혼도 잘 알고 있었다.

머혼은 서둘러 새로운 대화 주제를 잡았다.

"이번에 저주마법은 얼마나 간다고 합니까?"

델라이는 슬쩍 세 명의 마법사들을 보더니 말했다.

"아시다시피 최근에 그 온시스 마나스톤 광맥이 말라 버렸지 않는가? 최상급 저주주문에 쓸 만한 마나스톤이 귀해져서 오래는 안 된다네."

대답을 피하는 걸 보니 정말 짧은 시간인 것 같았다. 머혼은 조심스럽게 물었다.

"그렇다면 얼마나?"

"한 달."

머혼은 눈을 동그랗게 떴다.

"한 달요?"

델라이는 태연하게 하품을 하더니 말했다.

"그래서 말인데, 중원에서 마나스톤에 마나를 다시 불어 넣을 수 있을까 물어보고 싶었다네. 전에 왜 로스부룩이 마나스톤을 충전할 수 있을 것 같다는 보고를 하지 않았는가?"

"예, 예."

"마나가 빈 마나스톤이야 차고도 넘치니 중원에서 그걸 충전해 가지고 오면 이 저주마법도 갱신할 수 있을 것이네. 이번에 갈 때 연구에 박차를 가해서 한번 시도해 보게. 이대로라면 한 달 뒤 저주마법을 갱신하지 못할지 몰라. 최상급 저주마법 없다면 내 신변이 너무 위험해지지 않겠나?"

머혼은 로스부룩이 죽었다는 말이 목까지 올라왔다. 하지만 가까스로 참고는 공손히 대답했다.

"그렇게 된다면 국가 위기 상황입니다. 제가 꼭 로스부룩에게 말을 전하도록 하겠습니다, 전하."

말은 그렇게 했지만 머혼의 표정은 어두워졌다.

델라이는 그의 표정을 보더니 자신의 앞에 놓여 있던 책을 툭툭 건드렸다.

"이거 아는가? 마롬이 쓴 '이제 우리는'이라는 책이네."

머혼이 그 책에 시선을 옮겼다.

"아, 소설책입니까?"

"꽤 재밌지. 교훈도 있고."

머혼은 작은 웃음기를 얼굴에 띠우며 말했다.

"왕의 서고에 소설책이 있는 줄은 몰랐습니다. 마도서만 있는 줄 알았더니."

"마도서이기도 하네."

"……."

"지금으로부터 대략 삼백 년 전에서 사백 년 전 사이에 쓰인 마도서들은 이런 형태를 띠고 있네. 겉으로 보기에는 소설책처럼 보이지만, 올바른 계시마법을 쓰면 마도서로 변하지. 당시는 마법이 천대받고 마법사들이 핍박받던 시기라 그런 식으로 지식을 전달했다 해. 그래서 이 책들을 히든북(Hidden book)이라 부르지."

"그렇습니까? 새로운 사실을 알게 되었군요."

"문제는 히든북 속에 은닉된 내용을 알기 위해선 각각의 책에 맞게끔 계시마법을 펼쳐야 한다는 것이네. 때문에 당시 쓰인 마도서들 대부분은 재밌는 소설책쯤으로 취급되어 보존이 잘 안 됐지. 이 책도 마름이 쓴 다른 책들 중 두 권이나 우연치 않게 히든북으로 판명이 나서, 이 또한 히든북일 것이라고 추측하는 것뿐이네."

"아, 그럼 이 책이 히든북인지 아니면 그저 평범한 소설책인지조차도 확실하지 않은 겁니까?"

왕은 왼손으로 마법책을 들었다. 그리고 이리저리 바라보며 말했다.

"최상급 은닉마법이 뭐겠는가? 바로 은닉마법 자체가 은닉되는 것 아니겠나? 은닉마법 자체가 걸려 있는지조차 알 수 없는 은닉마법이지."

머혼은 로스부룩이 했던 수많은 잡담 중에 몇몇 개가 기억나는 듯 했다.

"로스부룩이 말하길 아직 은닉마법 중엔 최상급이 나온 적이 없다는데, 당시에는 있었나 보군요."

"그때 마법사들에겐 환경상 은닉마법이 필수 마법이었겠지. 때문에 그 방면으로 비약적인 발전이 있었을 것이네. 문제는 하필 발전된 게 은닉마법이라는 거."

델라이는 힘없는 미소를 지었고, 머혼은 그의 마음을 이해했다.

머혼이 말했다.

"그래서 그 최상급 은닉마법 또한 은닉되었군요."

델라이는 방긋 웃더니 책을 앞에 내려놓고는 말했다.

"마름이 쓴 다른 두 마도서에는 다름 아닌 은닉마법이 적혀 있었다고 해. 그래서 마름의 노년에 쓰여진 이 책에는 그 최상급 은닉마법이 있지 않을까 하는 게 마법사들의 추측이지."

머혼은 팔짱을 끼더니 말했다.

"로스부룩이 그걸 붙들고 연구하지 않은 게 이상합니다. 최상급 은닉마법을 알아낼 수 있다면야, 다른 히든북들도 열 수 있을 게 아닙니까?"

델라이는 고개를 흔들었다.

"아니지. 어째 백작은 나보다 더 마법에 대해서 모르는가?"

"예?"

"최상급 은닉마법을 아는 것과 최상급 계시마법을 아는 건 다르네. 사람을 죽이는 파괴마법과 사람을 살리는 치료마법이 궤가 다르듯, 은닉과 계시도 그 궤가 다르지."

"……"

"로스부룩은 오히려 계시마법에 몰두했다네. 히든북들을 열기 위해선 그것을 잠근 은닉마법이 아니라 계시마법이 필요하니까. 은닉마법에 관심을 보인 건 스페라 백작 쪽이지. 둘 다 음흉하긴 하지만, 그래도 스페라 백작 쪽이 더 음흉하지 않나?"

"하하하. 그런가요? 하하하."

델라이 왕은 무표정한 채로 소리 내서 웃는 머혼을 찬찬히 보았다. 머쓱해진 머혼의 웃음기가 잦아들자, 말을 꺼냈다.

"스페라 백작과 로스부룩. 그들이 우리 델라이에 얼마나 중요한 인물인지는 내가 말 안 해도 잘 알겠지, 머혼 백작."

갑작스러운 그의 말에 머혼은 이상하게 긴장되는 것을 느꼈다. 그는 얼굴의 세포 하나하나, 눈썹 하나하나까지 신경을 쓰며 대답했다.

"당연합니다. 그들이 없으면 델라이의 국력과 미래가 반 이상 없는 것과 다름없으니까요."

델라이 왕은 고개를 끄덕이더니 말했다.

"나야 우습게도 정력이 강해 스페어(Spare)가 많지만, 그들은 유니크(Unique)하니까. 여차하면 내 생명보다도 그들의 생명을 살리는 것이 델라이를 더 위한 길일 것이야."

머혼은 당장 자리에서 일어나 고개를 조아리며 말을 삼가 달라고 말하려 했다. 하지만 굳건하게 빛나는 델라이의 두 눈빛은 그에게 진심을 요구하고 있었다.

머리까지 올라갔던 양손이 천천히 내리고 다시 자리에 착석한 머혼이 나지막하게 대답했다.

"그렇습니다."

델라이는 머혼보다도 더 차분히 말했다.

"그리고 그 사실을 본인들도 잘 알고 있네. 내가 그런 그들을 어찌 델라이에 붙잡아두고 있는 줄 아는가?"

머혼이 대답했다.

"정확하게 말하면, 로스부룩은 제가 붙잡아두고 있습니다. 제가 그를 발견해서 등용한 것 아닙니까?"

델라이는 고개를 흔들었다.

"스페라가 그에게 지팡이를 만들어 주었다면 진작 이 나라를 떠나도 떠났을 자야, 로스부룩은. 백작은 로스부룩을 너무 순진한 사람으로만 보는 것 같아."

"……."

"그래도 머혼 자네가 스페라 백작까지 자기 때문에 델라이에 남아 있다고 생각하지 않으니 다행이야."

"그 정도로 제 주제를 모르진 않습니다, 전하."

"큭, 크하하, 크하하. 그래, 그렇지. 크하하"

뭐가 그리 재밌는지, 델라이는 서고가 떠나가라 웃었다. 그에 따라 그의 왼팔이 마구 흔들리자, 주문을 외우던 세 명의 마법사 중 한 명이 조용한 목소리로 진정해 달라고 간청하고 나서야 그는 웃음을 멈추었다.

머혼이 진중하게 말했다.

"이제 보니 왜 전하께서 서고에서 절 기다리신지 알겠습니다."

델라이가 재밌다는 듯한 표정을 지었다.

"그래? 무슨 이유에서이겠는가?"

"책 자랑을 하고 싶으셨군요. 책이 이리도 많다고……."

델라이는 머혼의 헛소리를 더 듣고 싶은 생각이 없었다. 그는 말을 잘랐다.

"이 서재는 델라이 왕가의 소유. 이 서재에 걸려 있는 보호 마법은 오랫동안 이어진 것이라 스페라도 어찌할 수 없는 것이네. 오늘 서재에서 이 저주마법을 갱신하는 이유도 그녀가 이것을 참관하는 동안 이 책을 보여 주기 위해서라네. 보호마법에 의해서 여기 책들은 서재 밖으로 가지고 나가면 다 불타버리거든."

"……"

"델라이의 왕만이 열람할 수 있는 이 거대한 서재. 이것이 그녀가 델라이 왕국의 국력을 책임지는 유일한 이유이며, 내가 그녀를 붙잡아두는 유일한 수단일세. 설마 여기서 그녀와 수다라도 떨라고 이곳에서 저주마법을 갱신하려 했을까."

"……"

"그리고 그런 그녀로 하여금 로스부룩에게 지팡이를 만들어 주지 말라 한 것도 나고. 그러니 그 둘이 델라이에 남아 있는 이유는 다 나 때문이라는 것이야."

"……"

"그런데 이걸 마다하고 연구에 매진할 테니 머혼 백작에게 대신 참관해 달라고 했다고? 여기서 이렇게 내가 보여 주는 책들이 그녀가 델라이에 남아 있는 이유인데? 그 말을 나보고 믿으라는 건가? 그리고 백작은 중원에서 돌아왔으면서, 로스부룩은 그곳에 남아 있겠다니?"

"……"

"누굴 바보로 아는 것도 적당히 하게. 머혼 백작이 스스로의 입으로 말했듯 자기 주제를 알라는 거야."

"……"

"진실을 말하게. 그 둘, 지금 어디서 뭐 하는가?"

너무나 확신에 찬 그의 말에 머혼은 결국 진실을 토해 낼 수밖에 없었다.

*   *   *

운정이 스페라와 뜻밖의 조우를 하고 삼 일이 지났다.

아침에 일어난 그는 가부좌를 틀고 앉아 운기행공을 시작하려 했다. 하지만 곧 한쪽 구석에서 쪼그리고 앉아 그를 바라보는 소청아를 보니, 도저히 운기행공을 할 기분이 나지 않았다.

그가 바닥을 보니, 창가에서 쏟아지는 햇빛 때문에 소청아는 그 구석에 있을 수밖에 없었다. 그는 덮고 잤던 이불을 들어서 창틀에 고정시켰다.

"이쪽으로 와, 청아."

운정은 쪼르르 다가온 소청아의 앞머리를 들춰 그 이마를 보았다. 자세히 살피니 이미 구속마법의 문양이 상당히 희미해져 있었다.

그는 그 이마에 손을 대고는 눈을 감았다. 그리고 삼 일 동안 집중해서 배운 구속마법의 주문을 외우기 시작했다. 그가 영창하는 속도는 매우 느려서 한 식경이 흘러서야 온전한 마법을 시전할 수 있었다.

[바인드(Bind).]

운정의 말이 떨어지기 무섭게 소청아의 이마에 있는 문양에서 밝은 빛이 났다. 소청아는 괴로운 듯 아미를 찌푸렸지만, 그 외에 다른 행동을 하진 않았다.

운정은 옷깃을 거뒀다. 그리고 손목을 그녀의 입가로 가져갔다. 소청아가 그를 올려다보니, 운정은 고개를 한번 끄덕였다.

콰득.

소청아는 그의 손목을 물고는 혈관에 구멍을 냈다. 그러곤 선인의 몸이 자연적으로 치유될 때까지, 혈관에서 뿜어지는 선혈을 한 방울도 흘리지 않고 마셨다. 삼 일 동안 요령이 생긴 것이다.

소청아의 눈에서 은은한 혈광이 생긴 것을 본 운정이 그녀에게 말했다.

"내가 운기행공하는 동안 너도 계속 운기행공하고 있어."

소청아는 고개를 끄덕이곤, 한쪽으로 가서 가부좌를 틀고 앉았다. 그녀의 주변 기류가 묘하게 도는 것을 확인한 운정은 자신 또한 가부좌를 틀고 앉아 태극마심신공과 무궁건곤선공을 운용했다.

태극마심신공의 마기는 심장에 모여들고 핏물에 녹아들었지만, 무궁건곤선공의 건기와 곤기는 여전히 느낄 수 없었다.

그렇게 대략 한 시진을 운행하고 일주천을 마친 그는 자리에서 일어났다.

소청아는 일주천을 끝냈는지, 눈을 말똥말똥하게 뜨고 그를 보고 있었다. 운정이 그녀에게 다가가 손가락을 그녀의 단전에 대고 기혈을 살폈다.

예상대로 손끝에서는 아무런 기운도 느껴지지 않았다.

그는 방문을 나서 지고전의 복도를 걸었다. 소청아도 자연스레 그의 뒤를 따라 움직였는데, 햇빛이 스며드는 곳을 본능적으로 피하면서 따라붙었다.

햇빛이 가로막아 도저히 건널 수 없는 부분에선 가만히 서 있었는데, 그때마다 운정이 제운종을 펼쳐 하늘 높이 올라가 겉옷을 넓게 펴서 지나갈 수 있는 넓은 그림자를 만들어 주었다.

그렇게 그들은 제갈극의 실험실에 들어갔다. 이번에는 맨 아래층이 아니라 중간쯤 위치한 방에 들어갔는데, 제갈극은 운정이 어젯밤 그곳을 나섰을 때와 동일한 자세를 하고 있었다.

어젯밤과 차이점이 있다면 연구하고 있는 것이 이계의 문서라는 점이다. 그가 연구하고 있는 것 외에도. 그의 옆에는 수없이 많은 묶음의 이계의 종이들이 이리저리 널브러져 있었다.

운정이 안으로 들어오는 소리를 듣자, 제갈극이 그를 돌아보며 말했다.

"뭐야? 벌써 아침인 것이냐?"

운정은 천천히 그의 앞으로 걸어갔다.

"뱀파이어의 몸은 정말로 잠이 필요하지 않는 것 같습니다."

제갈극은 머리를 긁적이더니 말했다.

"피만 있으면 거의 모든 게 회복되느니라. 하지만 잠이 그리워지긴 한다. 로스부룩을 통해서 들으니, 뱀파이어는 자신이 태어난 고향 땅의 흙이 없으면 편한 잠에 들 수 없다고 하더구나. 그래서 교인들을 시켜서 내 고향 땅의 흙을 가져오라고 했느니라."

운정은 소청아를 한번 흘겨보더니 말했다.

"잠이 그립습니까?"

제갈극이 심드렁하게 말했다.

"필요한 건 아니니라. 다만 피를 마시고 잠을 자면 회복력이 수배가 돼서 훨씬 더 효율적으로 머리를 굴릴 수 있어서 그렇지."

"……."

"네가 왔으니, 해가 떨어지기 전까지는 또 마법 공부를 해보자꾸나. 그나저나, 네 연구의 진척은 어떻게 되었느냐?"

제갈극이 소청아를 바라보자, 운정도 그녀를 다시금 주시하며 말했다.

"운기조식을 취하고 소주천을 해도 몸에 내력이 전혀 모이질 않았습니다. 태학공자가 말한 대로 양기가 전혀 침범하지 못하니, 태극의 조화 자체가 일어나지 않는 것입니다. 양기가 가득한 단환을 먹는다고 해결될 일이 아닙니다."

어젯밤 제갈극은 양기가 가득한 단환 하나를 구해서 혹시나 그것을 소청아가 음양의 조화를 일으킬 수 있는지 알아보려 했다. 두 사람의 예상대로, 실험은 실패였다.

제갈극이 턱을 쓸며 말했다.

"흐음, 역시나군. 말한 대로 단환을 먹고 나서 즉시 외공을 펼쳐보았느냐?"

"예. 하지만 내력이 없는 외공을 펼칠 뿐이었습니다. 뱀파이어의 몸이 양기를 배재하는 근본적인 문제를 해결하지 않는 한, 그 몸으로 무공을 펼칠 수 있는지 혹은 더 익힐 수 있는지는 확인할 수 없을 것입니다."

"그것참 아쉽게 되었군."

이번에는 운정이 물었다.

"로스부룩에게 물어본다는 건 어떻게 되었습니까? 오늘 중으로 해답을 준다고 하지 않았습니까?"

운정은 로스부룩이 죽었고, 그를 이계의 마법사인 스페라가 변장하고 있다는 사실을 제갈극에게 말하지 않았다. 그에게 마법을 배울 수 있는 다른 수단이 있다는 것을 제갈극 알아 좋을 것이 없기 때문이다.

제갈극은 고개를 한 번 끄덕이더니 설명했다.

"특이한 방법을 소개했느니라."

"어떤 방법입니까?"

"왜, 이계에서는 대기에 마나가 메말라 버렸기에 땅속에서 마나스톤이란 것을 캐내어 마나를 뽑아 쓴다는 것을 알 것이니라. 그 마나스톤을 이용해 보자는 것이었지,"

운정은 선뜻 이해가 가질 않았다.

"어떻게 말입니까?"

제갈극은 이리저리 실험실을 둘러보더니, 곧 작은 돌 하나를 집어서 운정에게 보여 주었다.

"이 마나스톤은 속에 마나를 품을 수 있느니라. 이것이 기를 품을 수 있을지는 모르지만, 만약 가능하다면 이를 통해서 무공을 펼치는 것도 가능할 것이야."

"흐음, 그런다 한들 뱀파이어의 육체가 무공을 펼칠 수 있겠습니까?"

"그건 실험해 봐야 아느니라. 우선 이것에 기를 불어 넣은 방법을 개발한 뒤에, 저기 저 단전에 심는 것이다."

"단전에 심는다?"

제갈극은 신난 듯 말했다.

"그렇지! 그러면 뱀파이어의 몸임에도 마나스톤을 통해서 양기를 다룰 수 있게 되니, 이후 거기서 양기를 뽑아 쓰면 무공을 충분히 사용할 수 있을 것이라고 보느니라."

"……"

"양기의 길을 뚫는 건 연구해 보니 기문둔갑을 활용하면 크게 어렵지 않다는 결론에 도달했다. 나를 보면 충분히 가능하다는 것도 증명되었지. 어찌 되었든 양기를 속에 품는 것이 더 어려운 문제인데, 그걸 해결할 수 있게 되었느니라."

운정은 고개를 갸웃했다.

"전엔 뱀파이어의 몸에 양기를 뚫는 것이 너무도 어려워 태학공자 본인만 할 수 있다고 하지 않았습니까?"

제갈극은 흥분하며 대답했다.

"아예 새로운 스펠을 짰느니라. 중원식 술법과 융합해서. 그로 인해서 뱀파이어의 몸에 양기의 길을 뚫는 마법을 만들 것이니라."

"태극지혈 없이?"

"태극지혈 없이! 태극지혈이 아니라 양기를 품은 마나스톤을 이용하는 것이니라. 그것을 단전에 심고, 그것을 태극지혈처럼 사용해서 양기의 길을 뚫는 것이지. 그러면 뱀파이어의 몸으로도 양기를 품고 또 사용할 수 있게 되는 것. 그러면 이후 중원의 무공을 사용하는 것도 가능하게 될 것이다."

"……"

"어떠하냐? 로스부룩의 생각이?"

"뭐, 이론적으로는 그럴싸하다고 생각됩니다만……."

"그럼 당장 나를 도와주거라. 우선은 이 마나스톤에 기를 불어넣는 것부터 연구해 보자. 그와 관련해서 로스부룩이 마나스톤에 관한 이계의 자료들을 한 더미나 가져다주었으니, 같이 그것을 연구하다 보면 분명 가능할 것이니라. 기와 마나는 너무나 비슷한 성질을 가지고 있으니까."

운정이 말했다.

"그럼 오늘 제 마법 수업은 안 하는 겁니까?"

제갈극이 짜증을 내며 대답했다.

"이계의 문서를 보면서도 마법은 충분히 배울 수 있느니라. 마법 체계가 마나스톤을 기반으로 이루어진 것을 모르느냐? 마나스톤에 대해서 확실히 이해해야지만, 마법 내에 존재하는 마나스톤의 영역을 확실히 이해할 수 있느니라. 알겠느냐?"

운정은 조금 언짢아졌지만, 제갈극의 말에 틀린 점은 없었다. 마나스톤은 명백하게 마법 수업의 일부이기 때문이다.

"뭐, 알겠습니다. 마나스톤에 대해서 확실히 짚고 넘어가는 것도 좋을 듯합니다."

"게다가, 이 자료들은 마나스톤에 기를 불어 넣는 방법을 알려 주는 조건으로 로스부룩에게 얻어낸 것이니라. 곧 이계로 돌아가야 하니, 그 전에 실험을 성공시키면 그것을 빌미로 더욱 많은 것을 요구할 수 있을 것이니라."

운정은 그 말을 듣고 묻지 않을 수 없었다.

"이계로 돌아간다니요? 로스부룩 말입니까?"

제갈극은 이상하다는 운정을 보며 말했다.

"그래. 곧 돌아간다고 했다. 네게 말하지 않았더냐?"

"……."

"서로 친한 줄 알았더니 또 아니군."

운정은 궁금증이 들었지만, 이내 접었다. 어차피 이틀 뒤에 보기로 했으니, 그때 만나 물어보면 될 일이기 때문이다.

그들은 해가 지도록 연구에 매진했고, 두 천재의 노력 끝에 그들은 마나스톤에 기를 불어 넣는 것에 성공했다.

환히 빛나는 마나스톤을 보며 제갈극이 어이없다는 듯 말했다.

"이리도 간단하다니. 참 나. 이론적으로 생각한 게 그대로 다 들어맞은 걸 보니, 마나와 기는 정말로 같은 것이라 생각해도 괜찮은 것 같으니라."

운정도 그 말에 맞장구쳤다.

"약속 시간에 딱 맞춰서 되었군요. 다행입니다."

"응? 약속 시간?"

운정은 성취감이 가득한 눈빛으로 빛나는 마나스톤을 바라보며 말했다.

"저녁에 만날 사람이 있습니다. 그럼 소청아는 이곳에 맡겨 두어도 되겠습니까? 구속마법의 갱신도 부탁드릴 겸."

소청아의 이마에 있는 문양은 이미 그 빛을 상당히 잃었다. 운정이 아침에 한 갱신은 썩 좋지 못해서, 한나절이 지난 벌써 부터 마법의 효력이 다해 가고 있었던 것이다.

제갈극은 턱을 한 번 쓸더니 말했다.

"뭐, 마나스톤을 단전에 시술하는 건 너 없어도 가능은 하느니라. 네가 옆에 있다고 크게 달라질 것 같진 않으니 어딜 다녀오고 싶다면 다녀와라."

그 말을 들으니 운정의 얼굴이 조금 어두워졌다.

"아, 바로 하실 겁니까?"

그의 속내를 눈치챈 제갈극이 비릿하게 웃으며 말했다.

"왜? 꺼려지느냐?"

"……."

"내가 말했을 텐데. 저 여인을 취하려거든 취하고 버리려면 버리라고. 혹시라도 저 여인을 저리 데리고 있는 이유가 네 욕구를 충족하기 위함이라면, 네 장난감을 상하게 할 순 없으니 다른 실험체를 구하겠느니라."

운정은 제갈극의 비아냥에 몸을 돌리곤 밖으로 나갔다.

"실험체에 불과하니, 마음대로 하십시오."

쿵.

방문을 나선 운정은 마음속에서 일어나는 무언가를 느꼈다. 죄책감도 아니고 분노도 아닌 뭐라 표현하기 애매한 감정이었다.

짜증 난다.

운정은 심호흡을 하며 태극마심신공을 운용했다. 그러자 순간적으로 어긋났던 음양의 조화가 다시 제자리를 찾았다. 조금만 신경을 놓아도 음양의 조화가 어긋나니 마공은 참으로 귀찮기 그지없었다.

"과연 지금 가는 약속이 의미가 있을까?"

그는 한숨을 깊게 내쉬더니 천천히 걸음을 옮겼다.

그렇게 지고전의 입구를 나설 쯤, 정원 한가운데서 달빛에 몸을 맡기고 돌 위에 앉아 있는 카이랄을 발견했다. 운정은 그에게 인사하고 싶었지만, 조용히 명상하는 듯하여 그냥 지나쳤다.

"어딜 가나?"

운정은 등 뒤에서 들린 소리에 몸을 돌렸다. 카이랄은 처음 본 그 자세 그대로 있었다.

운정이 대답했다.

"무림맹주 만나러."

"무림맹주라면, 무림맹의 머리로군. 아, 네가 말했었지. 인상 깊었다고."

"한번 보기로 했는데, 내가 약속을 깼었거든. 근데 이번엔 정식으로 서신을 보냈어."

"무림맹이라면 이곳과 사이가 좋지만은 않은 곳 아닌가?"

"주 부관이 허락했어. 천마신교에서 미행할지도 모르겠지만 은밀히 만나자든지 홀로 오라든지 그런 말이 없었으니 상관없 겠지."

"그렇군. 그럼 나도 같이 갈까?"

운정은 고개를 흔들었다.

"괜찮아. 혼자 다녀올게. 바쁜 거 같은데."

운정의 말에 카이랄은 달을 향해 뻗었던 얼굴을 돌려 운정을 돌아보았다. 운정이 다시 걸음을 옮기려는데, 카이랄이 나지막한 목소리로 물었다.

"운정, 혹시 내가 네게 의존하는 것 같나?"

"갑자기 왜?"

"그냥. 그런 말을 들었다. 그런 것 같다고."

그럴 말을 누가 했을지는 뻔했다. 지고전에 그와 대화하는 사람이 누가 있겠는가?

운정이 대수롭지 않다는 듯 말했다.

"태학공자의 말은 잊어. 괜히 마음만 이상해질 뿐이야."

"그렇군. 혹시라도 그렇다면 부담스럽게 해서 미안하다는 말을 하고 싶다."

"……."

"리인카네이션 마법을 배우다 보니, 지금 내 상태가 어떤지 점차 알아가게 된다. 이 가공된 영혼이라는 게 생각보다 귀찮더군."

"…그래?"

카이랄은 다시 고개를 하늘로 향했다.

"시간을 너무 뺐었군. 어서 가라."

운정은 희미한 미소를 띠우고 그를 바라보다가 곧 지고전의 대문을 나섰다.

밤하늘에 떠오른 별을 바라보며 그는 묘한 기분을 느꼈다.

천마신교 낙양본부를 나와서 온갖 사람이 가득한 낙양 시내를 걸으면서도 그 묘한 기분에 사로잡혀 주변을 보지 못했다.

낙양은 대운제국(大雲帝國)의 황도인 만큼 누구라도 눈이 휘둥그레질 광경이 거리마다 있었지만, 운정은 처음 시내를 나왔음에도 고개를 아래로 숙이고 턱을 괸 채 자신의 생각에 빠져 있었다.

중원 어디에서도 찾아보기 힘든 절세미남이 우수에 찬 눈빛으로 땅을 보며 낙양 시내를 걷고 있는 것이다.

도사이면서 마인인 그는 주변에 기이한 분위기를 풍겼는데, 그것이 그의 옥면과 어우러져 사람들의 이목을 송두리째 빼앗았다.

남자고 여자고 할 것 없이 그를 보는 모두가 천천히 옮기는 그의 걸음 하나하나에 주목했다.

그러나 그는 주변의 시선을 전혀 느끼지 못한 채, 자신의 마음속에서 일어나는 그 묘한 감정의 근원만을 파악하기 위해서 안간힘을 썼다.

황금천(黃金天).

그는 그 대문에 서서 화려하기 그지없는 건물을 올려다보았다.

그러자 일순간 황금천의 대문를 오가던 사람들이 걸음을 멈추었다. 나가려던 사람도 들어오려던 사람도, 운정의 미색과 분위기에 취해 걸음을 멈추고 그를 응시하게 된 것이다.

운정이 나지막하게 독백했다.

"아, 어젯밤 수경신(守庚申)을 잊었구나… 그래서 뭔가 잘못한 것 같은 기분을 느낀 거야. 쯧. 하지만 이젠 의미가 없겠지."

그는 천천히 걸음을 옮겨 황금천 안으로 들어가서야, 황금천 입구를 이용하려던 인파의 물길이 다시금 흐르기 시작했다.

그가 안으로 들어서자, 와자지껄하던 황금천이 조용해졌다.

모두들 멍하니 그를 바라보는데, 한 젊은 도사가 그를 발견하고 그의 앞으로 걸어왔다.

"미녀인지 미남인지 분간이 안 가는 옥면도사를 보면 운 소협이라 생각하라 사조(師祖)께서 말씀하셨는데, 혹 운 소협 되십니까?"

운정은 그와 비슷한 나이대를 가진 듯한 그 젊은 도사를 보면서 말했다.

"예. 혹 사조께서 무허진선(無虛眞仙)이 되십니까?"

젊은 도사는 고개를 숙이며 포권을 취했다.

"이 곳은 사람이 많아 사조께서 다른 한적한 곳으로 장소를 옮기자고 하셨습니다. 괜찮으시겠습니까?"

운정은 황금천 내부를 둘러보았다. 그는 저 멀리까지 이어진 수많은 사람들이 그를 따갑게 쳐다보고 있는 것을 확인했다.

"좋습니다, 소협."

젊은 도사는 짧게 웃으며 대답했다.

"송구하게도 제 소개를 하지 않았군요. 무진이라 합니다. 따르시지요."

무진은 그를 지나쳐 빠른 걸음으로 움직이기 시작했고, 운정도 서둘러 그를 따라갔다.

그들은 그렇게 한참을 걸었다. 가면 갈수록 사람은 적어지고 건물들이 많아졌다.

좁은 골목길이 연속적으로 이어지며 운정은 스스로가 어디에 있는지 알 수 없는 지경에 이르렀는데, 그때서야 무진은 한 건물의 입구을 열더니 그를 돌아보며 말했다.

"이곳으로."

운정은 그가 문을 연 건물 안으로 들어갔다. 여기저기 은은한 불빛이 내부를 밝히고 있었지만, 그래도 낙양 시내만큼 밝지는 않았다.

그곳은 한적한 넓은 공간이었다. 하지만 원형 식탁 딱 하나만 중앙에 있었고, 의자 세 개가 삼각을 이루고 있었다.

그중 한 의자에는 노인이 등을 보이고 앉아 있었는데, 운정이 걸어 들어오는 소리를 듣고는 상체를 돌려 그쪽을 보았다.

무림맹의 맹주, 무허진선이었다.

"아, 운정 도사. 왔는가? 오는 길이 불편했을 텐데."

운정은 포권을 취하더니 비어 있는 두 의자 중 하나에 가서 앉았다.

식탁 위에는 가지각색의 요리들이 즐비하게 있었는데, 한 가지 공통점이 있다면 모두 채식 요리라는 점이었다.

무진은 문 밖으로 나가 주변을 이리저리 둘러보더니, 조용히 문을 닫았다.

운정이 기감을 넓혀 확인하니, 넓은 공간에는 정말로 그와 무허진선뿐인 듯싶었다.

그렇다면 빈자리는 누구의 자리일까?

운정이 말했다.

"사손(師孫)께서 안내를 잘해 주셔서서 불편한 건 없었습니다."

무허진선은 소리 없는 웃음을 터뜨리곤 호리병을 들었다.
두 술잔에 내용물을 따르며 말했다.

"위치라는 것이 아무것도 아니지만 또 아무것도 아니지만
은 않지 않은가? 내가 자네를 만나겠다고 편지 보낸 걸 부맹
주가 어디서 들었는지, 신변에 만전을 기해야 한다면서…….
귀찮게 해서 미안하네."

"정말 괜찮았습니다. 제 생각에는 천마신교에서도 함부로
저를 미행하거나 하지 않았을 테니 걱정 마십시오."

무허진선은 긴 소매를 한 손으로 잡고 술잔 하나를 들며 자
리에서 일어났다. 그들이 앉은 원형 식탁이 너무나 커서 운정
에게 술잔을 건네주기 위해선 걸어 움직여야 했기 때문이다.

"마교에서 미행한다 하더라도 자네에게 말하진 않았겠지.
뭐, 그들이 정말로 미행하지 않았든 아니면 사손이 우연치 않
게 그들을 따돌린 것이든 우리 둘의 대화를 엿들을 자는 없
으니 안심하게."

운정은 빈 의자 쪽을 흘겨보더니 말했다.

"무림맹에서도 말입니까?"

운정의 앞까지 걸어온 그는 인자한 미소를 띠며 말했다.

"곤륜의 이름을 걸고 약속하지. 무림맹에선 나와 사손 둘이 나왔네. 사손은 대화에 참여하지 않을 것이네."

그는 다시 돌아간 다음에 자리에 앉았다. 그러곤 술잔을 들어 올렸다. 운정은 따라 들었고, 그들은 동시에 술을 마셨다.

분명 술인데, 속이 상쾌해지는 시원한 맛이 일품이었다. 운정은 눈을 동그랗게 뜨고 말했다.

"맛이 좋습니다."

무허진선은 또다시 방긋 웃더니 손으로 그의 앞에 있는 호리병을 가리키며 말했다.

"자네 앞에 있으니 마음껏 따라 마시게. 첫잔은 내가 주고 싶어서 준 거야."

운정은 고개를 끄덕이더니, 앞에 있는 호리병을 들어 술잔에 따랐다. 그리고 다시금 마셨는데, 역시 속이 시원해지는 것이 정말 놀라운 맛이었다.

"이 술 이름이 무엇입니까?"

"진선주(眞仙酒)."

"진선주라……."

"아, 듣자하니 무당에선 진선과 신선을 구분하지 않는다지?"

운정은 고개를 끄덕였다.

"예. 사부님께도 진선이란 말을 들어 본 적이 없습니다. 곤륜에선 어찌 구분하십니까?"

"곤륜에선 사람이 신선이 된다 하더라도, 여전히 인간적인 모습을 갖추고 있다고 보네. 어찌 보면 곤륜에서 보는 신선은 세상에서 생각하는 반선지경이라고 할 수 있겠지. 그리고 그것을 넘어서 인성에서부터 완전히 자유로워져 더 이상 하나의 생물이 아니라 자연과 하나가 되는 그 자체가 진선이라 보는 것이네."

"흐음."

"어떻게 보면 불계에서 부처와 보살을 나누는 기준과도 같지. 신선이 불로장생한다면 진선은 불로불사한다네. 신선은 수명이 없지만, 죽을 수는 있지. 하지만 진선은 아예 죽는 것이 불가능하지. 그런 개념일세."

"흥미롭군요. 혹 설마 죽음이 침범하지 못하는 진선의 경지에 이르러 무허진선이란 이름을 가지신 것은 아니겠지요?"

무허진선은 희미한 미소를 얼굴에 띠며 고개를 느리게 저었다.

"그럴 리가. 내 이름은 그저 무허일세. 곤륜에선 정통적으로 장문인에게 진선의 칭호를 주기 때문에 받은 것뿐이지. 허울에 불과하지만, 아까도 말했다시피 자리란 것이 없어도 그만, 있어도 그만 아니겠는가?"

"그렇지요."

"보아하니, 허의 공부에 대해서 관심이 생기신 듯하네."

"물론입니다. 그래서 제가 이 자리에 응해 나온 것 아니겠습니까?"

운정의 대답에 무허진선은 깊은 두 눈으로 운정을 보았다. 운정이 그 눈길을 계속해서 마주 보자, 무허진선이 결국 말을 꺼냈다.

"전에 찾아오겠다는 약속을 말없이 깨고, 또 오늘 보아하니 이미 마성을 몸에 받아들인 것 같아서, 도를 버린 줄 알았네만."

"그때는 죄송합니다. 일이 많았습니다."

"아, 추궁하려는 의도는 없었네. 다만 그때는 아직 마음을 정하지 못한 듯 보였지만, 지금은 마교인이 되기로 결심한 듯해서 하는 말이었네."

"마교인이 된 건 사실이지만, 도를 버리지 않았습니다. 그때 말씀드린 것처럼 무당산의 정기가 사라진 이상, 무당의 도 또한 새로이 정립되어야 하기에, 무당산의 정기 없이 무당의 무학을 보존할 방도를 찾고 있을 뿐입니다."

"보아하니 마에서 그 답을 찾았구먼."

"검선께서 남기신 태극마심신공이 있습니다. 이를 바탕으로 무당의 무학을 계승하려 합니다."

무허진선의 두 눈에 실망이 감돌았다. 그는 힘없이 젓가락을 들더니, 앞에 놓인 음식을 집어 들며 조용히 말했다.

"그랬구먼."

"……."

"나는 운정 도사가 사실 곤륜의 제자가 되었으면 했네. 선인의 몸을 입고 있는 것을 보면, 어릴 때부터 화식을 멀리하고 수경신을 빼놓지 않았겠지. 무당의 공과율과는 조금 다르지만, 곤륜의 공부에도 그 둘이 중요해서 자네만 한 인재가 없는데 말이야."

"제가 마를 알기 전에 곤륜의 공부와 접했다면 아마 곤륜의 제자가 되었을 수도 있습니다. 하지만 지금은 이미 태극마심신공이 본신내력이 되어 제 마음속에 마성이 자리 잡았기에 불가능할 듯싶습니다."

"태룡마검과 많은 이야기를 나누진 못했지만, 역혈지체의 철소(撤消)에 관해서는 들었지. 고통스럽지만 의지만 있다면 마공을 버리는 것은 불가능한 일은 아니지."

"아직은 생각할 것이 아닌 듯합니다. 죄송합니다."

"허허. 정말 안타깝군."

무허진선은 아쉽다는 표정을 숨기지 않았다.

그는 맛 좋은 음식을 이것저것 떠먹으면서도 마치 돌과 흙을 씹는 것 같았다.

크게 할 말이 없어진 운정도 그를 따라 음식을 먹기 시작했다. 그러면서 한번 말을 던졌다.

"제가 귀파의 제자가 되지 않는다면 혹 곤륜의 공부를 알려 주시기 어려우십니까?"

무허진선은 눈을 크게 뜨고는 고개를 도리도리 흔들었다.

"전혀. 전혀. 아무리 마의 길을 걷는다 하나 무당의 마지막 제자에게 그 정도도 못할까. 나는 마선의 존재 자체를 마냥 부정하는 이들과는 다르네. 마(魔)를 통해 도에 이른다면, 그 또한 하나의 길이겠지."

그 말을 들으니 운정의 얼굴이 더할 나위 없이 환해졌다. 그는 곧 지금까지 말로 꺼내기 고민되었던 것을 말하기로 마음먹었다.

"사실 전에 제가 드렸던 말씀을 다시금 생각해 봤습니다만, 꽤나 칠칠치 못한 모습을 보여 드리는 것 같아 부끄럽습니다. 맹주님의 말이 옳습니다. 전 여인과 노닥거렸을 뿐입니다."

그의 말에 무허진선이 작은 미소를 입가에 지었지만, 곧 그조차도 참으며 말했다.

"괜찮네. 본인이 알면 되었지. 알면 되었어. 그 이상 바랄 게 무엇이란 말인가. 마의 공부를 하려거든 그 또한 진지하게 임하게. 그러면 되는 것이지. 하지만 여인들과 노닥거리는 것이 마의 공부를 하는 것과는 다르다는 것만 기억하게."

운정은 슬그머니 무허진선의 눈치를 살폈다. 무허진선은 계속해서 젓가락을 움직여 이런저런 음식을 먹고 있었다.

침묵이 길어지는데도 그가 먼저 말을 꺼내지 않는 것을 보면, 오늘 그가 이 자리에 온 목적은 운정에게 곤륜의 제자가 되길 권하기 위해서였을 뿐인 듯싶었다.

운정은 미안함을 느꼈지만 그도 어쩔 수 없는 것이다. 그는 침묵을 깼다.

"태허란 무엇입니까, 맹주님?"

무허진선은 운정을 보았다.

그리고 말했다.

"간단하지."

그 이후, 몇 시진 동안 계속된 가르침 속에서 운정과 무허진선은 서로에게 배우는 것이 많았다. 일상생활이나 무공에는 쓸 수 없는 형이상적인 이야기였지만, 두 도사에게는 그만큼 재밌는 시간이 따로 없었다.

그렇게 끝을 모르고 이어지던 대화는 한 인물이 문을 열고 들어오는 것으로 갑작스레 끝났다.

그 둘이 문을 보자, 그곳엔 무진이 열린 문을 붙잡고 있었다.

"손님이 오셨습니다."

그 말이 끝나자, 무허진선은 품에서 무언가를 꺼냈다. 하지만 운정은 미처 그것이 무엇인지 끝까지 보지 못했는데, 안으로 들어온 자가 그의 시선을 송두리째 빼앗았기 때문이다.

고바넨.

그녀가 안으로 들어오고 있었다.

『천마신교 낙양본부』 7권에 계속…